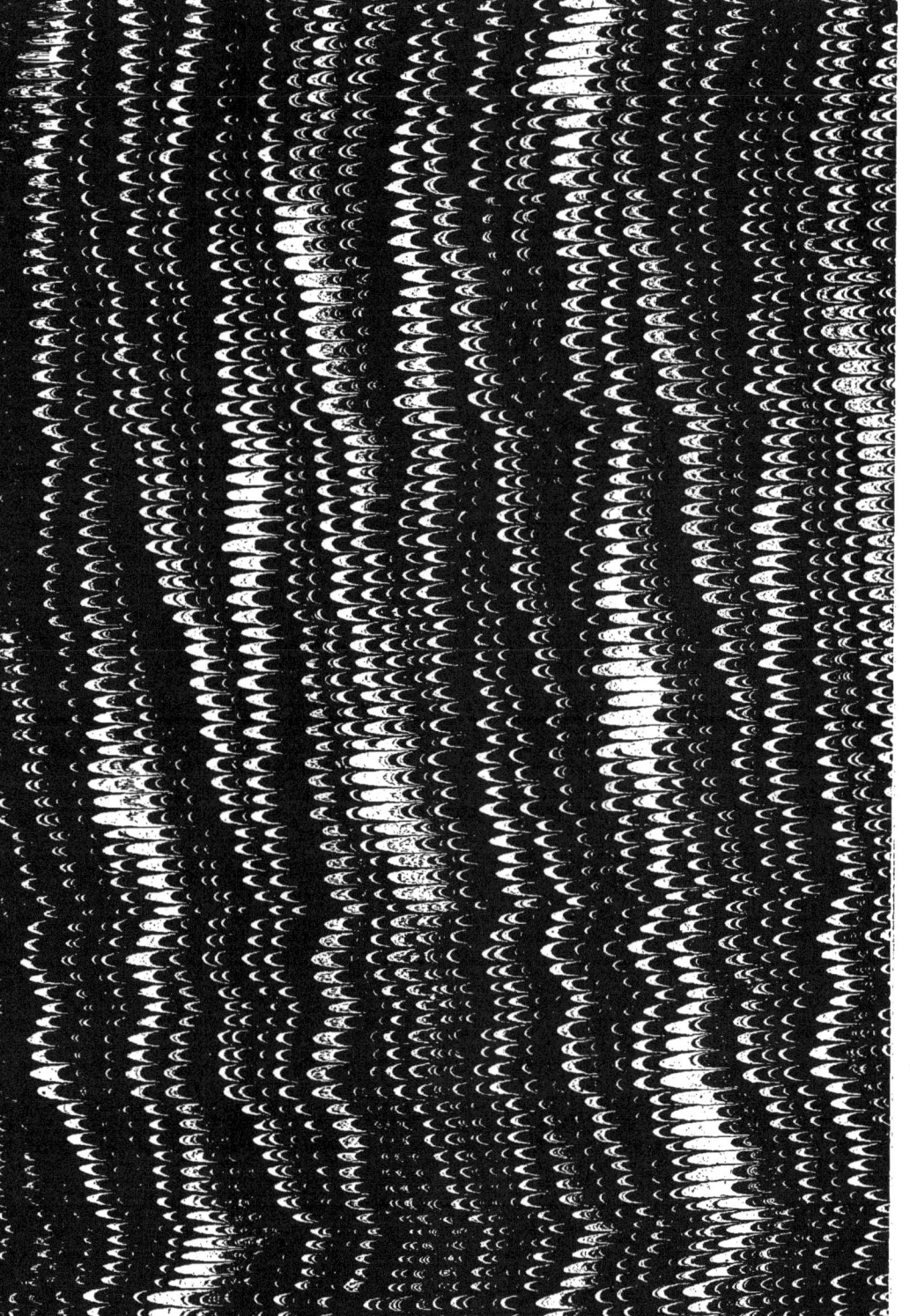

ÉTUDE

SUR LA

DÉCLINAISON BASQUE

PAR

Le Capitaine DUVOISIN.

BAYONNE,

IMPRIMERIE DE VEUVE LAMAIGNÈRE, RUE CHEGARAY, Nº 39.

—

1866.

à Monsieur A. d'Abbadie
hommage de l'auteur
H. Guvrinir

AVANT - PROPOS.

La langue basque est devenue l'objet d'études sérieuses ; la science s'est tournée de ce côté grâce à l'impulsion donnée par S. A. Mgr. le Prince LOUIS-LUCIEN BONAPARTE, dont nous aimons à reconnaître en toute occasion l'initiative et les services signalés qu'il rend à la philologie. Il est permis de croire que les élucubrations superficielles sur ces matières ont fait leur temps. La langue basque mérite que son mécanisme soit dégagé de l'obscurité ; et dès qu'il sera mis en lumière, les linguistes reconnaîtront, non peut-être sans quelque étonnement, que le basque du xixe siècle est moins fruste et d'une organisation plus puissante que le grec et le latin d'il y a 2,000 ans. Et ce n'est pas là une illusion. Le *Verbe Basque* de M. l'abbé Inchauspe, publié par le prince L.-L. Bonaparte, ouvre à chacun, comme une suite de galeries, les développements de cette étonnante conception qui porte le nom de VERBE BASQUE.

Les proportions de la déclinaison sont beaucoup plus modestes, mais non moins importantes ; la déclinaison est la porte d'entrée de la grammaire ; tout mot basque est sujet à sa loi, et dès lors il est indispensable de la bien connaître. C'est la pensée qui a fait naître cette *Etude*, car les travaux antérieurs laissent trop à désirer.

La déclinaison varie peu d'un dialecte à l'autre. Le paradigme labourdin pur étant le plus parfait de tous, est aussi celui qui sera expliqué dans ce travail. Les éléments dont il se compose sont exposés avec brièveté ; à la suite de la nouvelle méthode se trouvent débattues les diverses formes de cas, admises par les uns et repoussées par les autres. Dans une seconde partie sont réunies les observations et remarques propres à compléter l'ensemble du travail.

DÉCLINAISON BASQUE.

PREMIÈRE PARTIE.

Modes, Nombres, Cas.

La déclinaison se partage en deux modes, le mode *indéfini* et le mode *défini*.

I. — Le substantif est indéfini de sa nature. En cet état, il reçoit les signes déclinatifs, au moyen desquels il marque les relations indéterminées, comme quand on dit : *dans les siècles des siècles*, c'est-à-dire dans un espace de temps sans limites. Le Basque, pour rendre cette pensée, ne s'attachera donc pas à la forme déterminée *mendeen mendeetan*, il traduira par l'indéfini *menderen mendetan*.

Ce premier mode n'a point de nombre; un mot à l'indéfini exprime un sens pluriel tout aussi bien qu'un sens singulier : GIZON *bat* (un homme), *ehun* GIZON (cent hommes). (*Voir IIᵉ Partie*, § Iᵉʳ.)

Les grammairiens guipuscoans n'ont pas fait entrer l'indéfini dans le paradigme de la déclinaison : on pourrait en conclure que ce mode n'existe pas dans leur dialecte; ce serait une erreur. Sans parler des noms propres, des noms de nombre et des pronoms qui se déclinent exclusivement à l'indéfini en tout dialecte, la lecture des auteurs guipuscoans prouve que leur patrie possède ce mode aussi complet que le Labourd. (*)

L'indéfini marque des relations d'un caractère vague. Mais dès qu'il est nécessaire de déterminer exactement les rapports, le radical abandonne les signes déclinatifs à un pronom qui les prend et se postpose au radical. C'est ainsi que se forme le mode *défini*.

II. — Le mode défini a deux nombres, le singulier et le pluriel : *gizona* (l'homme), *gizonak* (les hommes).

L'indéfini compte neuf cas : le *passif*, l'*actif*, le *génitif*, le *datif*, le *partitif*, le *médiatif*, le *positif*, l'*ablatif*, et le *directif*.

(*) Lardizabal décline aux deux modes *beste* (autre) et *bi* (deux). Larramendi donne aussi les deux modes de ce nom de nombre. Mais leurs grammaires prouvent qu'ils ne se sont pas rendu compte de l'existence de l'indéfini.

Le défini n'a pas de partitif. Il possède les huit autres cas dans chacun de ses deux nombres.

Classes et ordres des Noms communs.

III. — Par suite de quelques différences que l'euphonisme introduit dans la déclinaison générale, les noms communs se partagent en trois classes :

1° Ceux qui finissent par les voyelles *e*, *i*, *o*, *u* ;

2° Ceux qui ont pour finale un *a* (*Voir IIe Partie*, § II) ;

3° Ceux qui se terminent par une consonne, ou par une voyelle consonnante, tels que *hamal*AU, *zelh*AI.

Il faut observer que ces derniers, qui devraient être considérés comme noms de la 3e classe, sont quelquefois traités, à l'indéfini, comme s'ils appartenaient à la 1re classe. Le tableau de la déclinaison fera connaître ces différences.

IV. — Les substantifs communs sont de deux ordres.

L'ordre le plus nombreux comprend tous les noms de choses, d'animaux ; l'autre, ceux des êtres raisonnables, *homme*, *père*, *enfant*, *forgeron*, etc.

Tous les deux sont soumis à la loi de la transmutation des cas suivant les règles ordinaires ; mais en même temps, les noms des êtres *doués de raison* sont, au positif, à l'ablatif et au directif, sous l'empire de formes à sens respectueux. Par exemple, on dira : *oihanetik oihanera* (de forêt en forêt) ; de même, on indiquera une descendance de père en fils : *aitatik semera*. Mais pour marquer que l'on est allé du père au fils, on dira : *aitaren ganik semearen gana*, ce qui revient à cette formule française : *de la personne du père à celle du fils*, ou à cette autre : *de chez le père auprès du fils*. (*Voir* § III.)

Classes et ordres des Noms propres.

V. — Les noms propres se divisent en trois classes :

1° Ceux qui finissent par une voyelle ;

2° Par une consonne ;

3° Par une voyelle consonnante.

Cette dernière classe n'existe qu'à cause des différentes manières de traiter les mots dont la terminaison est en voyelle consonnante.

VI. — Les noms propres sont de deux ordres :

Les noms propres d'hommes ;

Les noms propres de lieux. Il ne faut pas comprendre parmi ceux-ci les noms de maisons, qui se déclinent au défini, tandis que tous les autres noms propres s'arrêtent au mode indéfini.

VII. — On a vu que les noms d'êtres raisonnables se distinguent des autres noms communs par des formes à sens respectueux. Le nom propre d'homme est encore plus privilégié ; voici les différences qui le séparent des noms génériques :

1° Ceux-ci se déclinent à l'indéfini et au défini, le nom d'homme à l'indéfini seulement ;

2° Les premiers ont tous les cas des noms communs avec un supplément de formes; le nom d'homme n'est pas soumis aux trois derniers cas, et les périphrases respectueuses remplacent le positif, l'ablatif et le directif ;

3° Les noms génériques humains, tout comme les autres noms communs, s'ils finissent par un *a*, perdent cette voyelle dans 14 cas sur 25 ; elle reste inaltérable dans les noms propres. (*Voir* § IV.)

VIII. — Les noms propres de lieux (on a déjà excepté ceux de maisons) sont personnifiés et déclinés à l'indéfini ; ils ont les neuf cas de ce mode, sans formes respectueuses ; c'est le seul point qui les sépare des noms propres d'hommes

Leur indéfini diffère de celui des noms communs au positif, à l'ablatif et au directif. Au lieu des désinences casuelles de la déclinaison indéfinie commune, les noms propres de lieux prennent à ces trois cas les signes déclinatifs correspondants du singulier. Il y a pourtant une légère distinction au positif des noms propres terminés par une consonne ; ils font *en* au lieu de *ean*, et ceux qui ont une voyelle pour finale, ajoutent simplement un *n*. Par exemple, quand *seme* (fils) fait au positif *semean*, *Maule* (Mauléon) fera *Maulen ; lan* (travail) fait *lanean* et *Larrun* (nom de montagne) fera *Larrunen*.

IX. — Le Basque n'était pas serf aux temps féodaux. Quelque chétive que pût être sa cabane, il en était le seigneur *(etcheko-jauna) ;* il en prenait le nom, et cet usage s'est maintenu. Le nom qu'il se donne ainsi devant être décliné à l'indéfini, c'est la raison pour laquelle les noms de maisons ont été assujettis aux règles du défini. On évite la confusion par ce moyen. Cette phrase : *Etcheberri erori da*, signifie que M. Etcheberri est tombé ; par cette autre, *Etcheberri-a erori da*, on comprend que la maison nommée Etcheberria s'est écroulée. — Les Guipuscoans et les Biscayens ne font pas cette distinction ; ils diront dans les deux cas *Etcheberria erori da*, en sorte qu'on ne sait trop si c'est M. Etcheberria qui est tombé, ou si c'est sa maison qui est à terre.

Loi euphonique de la déclinaison.

I. Mode indéfini. — Tout substantif commun de la 1re classe, c'est-à-dire finissant par l'une des voyelles *e*, *i*, *o*, *u*, reçoit un *r* après la voyelle finale quand la flexion casuelle commence par une autre voyelle. C'est ce qui arrive au génitif, au datif et au partitif : *seme-r-en*, *seme-r-i*, *seme-r-ik*.

Les noms de la 2e classe, ou terminés en *a*, conservent cette lettre au passif et au partitif seulement. Le passif étant le radical lui-même ne subit aucun changement : *ama*. Le partitif reçoit un *r* entre sa finale *a* et la désinence casuelle *i* : *ama-r-ik*. La même addition euphonique se retrouve au datif *am-e-r-i*. On voit qu'ici l'*a* final est converti en *e*; ce changement s'opère aux autres cas indéfinis qui restent à nommer.

Les mots de la 3e classe, ou terminés par une consonne, reçoivent un *e* quand la flexion commence par une autre consonne; ce qui arrive à cinq cas, l'actif, le médiatif, le positif, l'ablatif et le directif : *jaun-e-k*, *jaun-e-z*, etc.

Les noms communs terminés par une voyelle consonnante : *lau*, *hogoi*, *exai*, dépendent de la règle qui précède, bien qu'on ne l'observe pas exactement partout. Cela vient de ce que leur petit nombre se ressent de l'usage fréquent d'une foule de noms propres terminés en *oy* et surtout en *ay*, lesquels tiennent moins compte des prescriptions euphoniques pour éviter leur propre confusion avec les noms communs.

A la 3e classe des substantifs, les additions euphoniques rendent l'indéfini presque semblable au pluriel; et par suite, on dit : *Bidarraira*, *Urkhuraira*, et non *Bidarrayera*, *Urkhurayera*; *Bidarrain*, et non *Bidarrayen*. Les habitants de cette localité ont trouvé le moyen de garder la règle en disant, au positif, *Bidarrin*; mais les autres Basques ne les ont pas suivis.

II. Mode défini. — Au singulier, les noms de la 1re classe sont exempts d'additions euphoniques. Dans ceux de la 2e classe, l'*a* final se confond avec la même voyelle qui commence les flexions des six premiers cas. La 3e classe est seule sujette aux euphonies. L'ablatif et le directif reçoivent un *e* supplémentaire entre la consonne finale du mot et celle qui commence la désinence casuelle : *jaun-e-tik*, *jaun-e-ra*. L'*e* s'interpose même au positif, bien que la flexion commence par une voyelle : *jaun-e-an*.

Au pluriel, dans les mots terminés en *a*, cette voyelle ne résiste qu'au passif : *amak*; elle est remplacée par un *e* dans les autres cas : *am-ek*, *am-en*, *am-ei*, etc.

Ces divisions de modes, de classes, d'ordres et surtout les changements euphoniques semblent de nature à multiplier les difficultés. L'examen du tableau de la déclinaison les réduira à peu de chose.

Flexions Déclinatives.

MODE INDÉFINI. — L'indéfini des substantifs se décline généralement par les mêmes signes que les pronoms et indépendamment de cette sorte de mot. Quelques différences l'en séparent.

Pluseurs pronoms, et notamment celui qui sert aux articulations du nom défini, font leur médiatif en *taz ;* les substantifs avec les autres pronoms, à la déclinaison indéfinie, le font en *z* ou *ez* (*e* euph.) — Sur six pronoms personnels, cinq font leur génitif en *re* (*r* euphon.); tous les autres mots déclinables, en *en* ou *ren* (*r* euphon.) — Le nom n'a pas de nombre à l'indéfini, ou pour mieux dire, il renferme en lui-même les deux nombres, et se traduit dans les autres langues tantôt par le singulier et tantôt par le pluriel. — Parmi les pronoms, quelques-uns, tels sont *ni* (moi), *hi* (toi), *zerbait* (quelque chose), ne sauraient avoir de pluriel ; d'autres, par exemple, *gu* (nous), *asko* (plusieurs), n'ont pas de singulier. Les uns et les autres se déclinent avec les mêmes signes indéfinis que le substantif, en marquant un seul nombre, quand le substantif s'applique également aux deux nombres. — Les pronoms démonstratifs se déclinent à l'indéfini, et contrairement à ce qui a lieu dans les autres mots déclinables, cet indéfini se partage en singulier et en pluriel. Enfin, parmi les pronoms, quelques indéfinis ont seuls le partitif. (*Voir* § V.)

Paradigmes comparés de déclinaisons au mode indéfini de pronoms et de substantifs.

PASSIF ...	Oro (tous).	Ogi (pain).	Zer (quoi, quel).	Ur (eau).
ACTIF ...	Oro-k.	Ogi-k.	Zer-k.	Ur-ek (*e* euph.)
GÉNITIF ..	Oro-ren (*r* euph).	Ogi-ren.	Zer-en.	Ur-en.
DATIF....	Oro-ri (id.)	Ogi-ri.	Zer-i.	Ur-i.
PARTITIF.	»	Ogi-rik (*r* euph.)	Zer-ik.	Ur-ik.
MÉDIATIF.	Oro-taz ou oro-z.	Ogi-z.	Zer-taz.	Ur-ez (id.)
POSITIF..	Oro-tau.	Ogi-tan.	Zer-tan.	Ur-etan (id.)
ABLATIF..	Oro-tarik.	Ogi-tarik.	Zer-tarik.	Ur-etarik (id.)
DIRECTIF.	Oro-tara.	Ogi-tara.	Zer-tara.	Ur-etara (id.)

On voit que les pronoms ne prêtent aucun concours aux substantifs. Ils ont des flexions communes, voilà tout.

MODE DÉFINI. — *Rôle du pronom démonstratif.* — Le substantif, indépendant jusqu'ici, devient tributaire du pronom démonstratif du 3e degré. L'intervention de ce pronom au mode défini de la déclinaison du substantif sera peut-être mieux comprise, si l'on considère que le démonstratif est appelé parfois à représenter le pronom personnel de la troisième personne. Le basque n'a pas besoin de ce pronom spécial; le pronom est intrinséquement contenu dans le verbe. Par exemple : *dut* signifie je *l'*ai ; *duzu*, vous *l'*avez ; *zaitut*, je *vous* ai ; *diot*, je *lui* ai, etc. Si donc un pronom spécial apparaît dans le discours, c'est pour lui apporter un surcroît de force et de clarté ; bien rarement est-il nécessaire. (*Voir* § VI.)

Le pronom démonstratif a trois degrés : *hau, hori, hura* (celui-ci, celui-là, celui-là qui est plus loin). Le 3e degré étant utilisé spécialement pour former le défini de la déclinaison, il importe de le connaître d'une manière particulière.

Il est sujet à certaines variantes dans les divers dialectes. L'origine euphonique de ces variantes est facile à reconnaître ; il ne peut y avoir de difficulté que pour l'explication du changement du passif singulier de *ha* en *hura*, que tous les dialectes ont admis, sauf le biscayen qui a gardé la forme primitive. Les divergences ne se manifestent qu'au pluriel. La racine étant *ha*, le passif pluriel doit être *hak* et l'actif *haek*, parce que les signes déclinatifs sont *k* et *ek*. Par l'effet d'une particularité qui atteint plusieurs pronoms, presque tous les dialectes ont donné la même articulation à ces deux cas : le biscayen *aek*, le guipuscoan *ayek* (*y* euph.), le labourdin occidental *hekiek*, le navarro-labourdin *hek*, etc. (*Voir* § VII.)

Le biscayen ayant gardé les formes primitives, fait donc *aek, aen, aei*, etc. Tandis que d'autres dialectes séparaient ces voyelles par des consonnes euphoniques, le navarro-labourdin en *niz*, les contractait, au contraire, en *hœk*, qu'on a écrit *hek*. C'est aussi la méthode que tous les dialectes ont suivie quand le pronom se postposant aux radicaux substantifs, leur fournit les articulations du mode défini de la déclinaison.

En rectifiant donc la déclinaison du pronom suivant les données certaines qu'on trouve dans le biscayen, et en la rapprochant de la déclinaison du substantif, on reconnaît sans peine la liaison qui les unit.

Paradigmes comparés de la déclinaison du pronom HA et du mode défini de la déclinaison du nom.

	Singulier.		*Pluriel.*
Pas..	Ha...........	Ogi-a.	Hak........ Ogi-ak.
Act..	Hak...........	Ogi-ak.	Hèk........ Ogi-ek.
Gén.	Haren.......	Ogi-aren.	Hèn........ Ogi-en.
Dat.	Hari..........	Ogi-ari.	Hèi........ Ogi-ei.
Méd.	Hartaz.......	Ogi-az.	Hèz *ou* hêtaz. Ogi-ez *ou* ogi-etaz.
Posi.	Hartan........	Ogi-an.	Hètan ..... Ogi-etan.
Abl.	Hartarik.......	Ogi-tik.	Hètarik..... Ogi-etarik.
Dir..	Hartara.......	Ogi-ra.	Hètara...... Ogi-etara.

Un coup d'œil suffit pour constater l'identité des désinences déclinatives définies avec le pronom démonstratif du 3ᵉ degré. Et quand la similitude n'est pas parfaite entre certains cas, on trouve encore l'explication de ces différences. (*Voir* § VIII.)

Explication de la déclinaison par classes, ordres, modes, nombres et cas.

PREMIER CAS. — PASSIF.

Le *passif* est nécessairement le premier cas de la déclinaison. A l'indéfini, il est la racine des mots simples et le radical des composés. C'est sur cette racine ou sur ce radical qu'on ente les flexions.

	1ʳᵉ CLASSE.	2ᵐᵉ CLASSE.	3ᵐᵉ CLASSE.
INDÉF.	Idi (bœuf).	Ama (mère).	Lan (travail).
SING..	Idi-a.	Am-à.	Lan-a.
PLUR.	Idi-ak.	Am-ak.	Lan-ak.

Le passif indéfini ne porte aucun signe déclinatif ; il est presque toujours accompagné de quelque mot qui emporte l'articulation quelle qu'elle soit et fait tomber le nom au passif indéfini. *Gizon hunen behia* (la vache de cet homme); *gizon*, qui naturellement aurait dû être au génitif, tombe au passif parce que le pronom s'est emparé de l'articulation. *Gizon eta emaztekiak* (les hommes et les femmes) ; ici encore c'est le second substantif qui marque le cas. (*Voir* § IX.)

Le passif indéfini des mots terminés en *a* ne se distingue du passif singulier que par l'accent dont celui-ci est surmonté. (*Voir* § X.)

Les passifs singulier et pluriel sont sujets d'un verbe passif ou régimes d'un verbe actif : *gizona hil da* (l'homme est mort); *gizona hil du* (il a tué l'homme); *mendiak hurbil dire* (les montagnes sont proches); *mendiak ikhusten ditut* (je vois les montagnes).

Sur la ressemblance de l'actif singulier et du passif pluriel, *voir* § XI.

DEUXIÈME CAS. — ACTIF.

	1ʳᵉ CLASSE.	2ᵐᵉ CLASSE.	3ᵐᵉ CLASSE.
IND...	Idi-k.	Am-ek.	Lan-ek.
SING..	Idi-ak.	Am-ak.	Lan-ak.
PLUR.	Idi-ek.	Am-êk.	Lan-êk.

Les actifs sont sujets de verbe actif. L'actif indéfini est précédé d'un nom de nombre ou d'un pronom ; *lau begik ikhusi dute* (quatre yeux l'ont vu) ; *zembait ulik asiki duke* (quelque mouche l'aura piqué.) — *Lunak ez du eskas eginen* (le travail ne fera pas défaut.) — *Idiek jan dute* (les bœufs ont mangé.) (*Voir* § XII.)

Troisième cas. — Génitif.

1ʳᵉ Classe.	2ᵐᵉ Classe.	3ᵐᵉ Classe.
Ind... Idi-ren.	Am-en.	Lan-en.
Sing.. Idi-aren.	Am-aren.	Lan-aren.
Plur. Idi-en.	Am-ên.	Lan-ên.

Le génitif est, comme dans les langues en général, le régime d'un nom : *bi idiren adarrak* (les cornes de deux bœufs) ; *idiaren adarra* (la corne du bœuf); *idien adarrak* (les cornes des bœufs). Le génitif est aussi régime des suffixes *tzat* et *kin*: *idiarentzat* (pour le bœuf) ; *idiekin* (avec les bœufs.) On peut voir au § XII comment il est régi par un nom de nombre. (*Voir encore le* § XIII.)

Dans les autres langues, le génitif peut être spécificatif d'une manière spéciale, et quelquefois alors le français en fait un adjectif, comme quand on dit: essence forestière, espèce porcine, race ovine. Dans les cas analogues, le basque laisse le génitif pour le passif indéfini : *lur-lana* (le travail de la terre, le labourage) ; *lan-saria* (le salaire du travail, considéré d'une manière abstraite); *ohoin-zilhoa* (caverne de voleur). Dans ces cas on unit les deux mots par un trait pour faire voir qu'ils ne sont pour ainsi dire qu'un.

Quatrième cas. — Datif.

1ʳᵉ Classe.	2ᵐᵉ Classe.	3ᵐᵉ Classe.
Ind... Idi-ri.	Am-eri.	Lan-eri.
Sing.. Idi-ari.	Am-ari.	Lan-ari.
Plur. Idi-ei.	Am-ei.	Lan-ei.

Le datif est régime indirect du verbe ; *bi hauziri buru egiten diote* (il fait tête à deux procès); *batari ez khen bertzeari emateko* (n'ôtez pas à l'un pour donner à l'autre); *idiei uztarria khentzea* (retirer le joug aux bœufs). (*Voir* § XIV.)

Les Guipuscoans et les Biscayens, contrairement à ce qu'ils pratiquent pour le pronom *ayei, aei*, font le datif pluriel du nom en *ai, idiai, amai*. Dans les noms comme dans les pronoms, les dialectes en *niz* remplacent *ei* par *er* : *amer* ; en quelques endroits, on dit *ameri* au défini.

Cinquième cas indéfini. — Partitif.

1ʳᵉ Classe.	2ᵐᵉ Classe.	3ᵐᵉ Classe.
Indéf. Idi-rik.	Ama-rik.	Lan-ik.

Le partitif n'existe qu'à l'indéfini. Après le passif, c'est le cas le plus usité de ce mode. Ce cas se traduit en français d'une foule de manières, par le pluriel ou le singulier, l'indéfini ou le défini, tantôt par une préposition et tantôt par une autre. La variété n'est pas moindre quand il s'attache aux parties du verbe : *Dirurik ez du* (il n'a pas d'argent) ; *usteldurik erori da* (il est tombé pourri) ; *duzularik diru* (tandis que vous avez de l'argent) ; *hiltzen hari zelaric* (pendant qu'il se mourait) ; *mendirik gorena* (la plus haute montagne), etc. Quand il y a comparaison, le partitif peut être remplacé par l'ablatif ou le positif défini : *mendietan gorena* (la plus haute parmi les montagnes) ; *mendietarik gorena* (la plus haute des montagnes. (*Voir* § XV.)

SIXIÈME CAS INDÉFINI, CINQUIÈME DÉFINI. — MÉDIATIF.

1ʳᵉ CLASSE.	2ᵐᵉ CLASSE.	3ᵐᵉ CLASSE.
IND... Idi-z.	Am-ez.	Lan-ez.
SING.. Idi-az.	Am-az.	Lan-az.
PLUR. Idi-ez *ou* etaz.	Am-êz *ou* etaz.	Lan-êz *ou* etaz.

Ce cas se rend en français par diverses prépositions : *mendiz heldu da* (il vient *par, à travers* les montagnes) ; *sasiz sasi* (de hallier en hallier) ; *ogiz asea* (rassasié de pain) ; *haizkoraz hauxi du* (il l'a rompu avec la hache) ; *zure oihuetaz izitzen nauzu* (vous m'effrayez par vos cris) ; *begiz ikhus baneza* (si je le voyais de l'œil) ; *berez bere egin du hori* (il a fait cela au moyen de ses propres ressources. (*Voir* § XVI.)

SEPTIÈME CAS INDÉFINI, SIXIÈME DÉFINI. — POSITIF.

1ʳᵉ CLASSE.	2ᵐᵉ CLASSE.	3ᵐᵉ CLASSE.
IND... Idi-tan.	Am-etan.	Lan-etan.
SING . Idi-an.	Am-an.	Lan-ean.
PLUR. Idi-etan.	Am-êtan.	Lan-êtan.

Voici les prépositions qui rendent en français le médiatif : *hauzitan* (en procès) ; *gerletan* (en guerre) ; *urean* (dans l'eau) ; *mendian* (à la montagne, sur la montagne) ; *iguzkitan* (à l'exposition du soleil) ; *gizonetan* (parmi les hommes, chez les hommes).

C'est ici que commencent les périphrases à sens respectueux qui servent également dans les deux cas suivants. Le substantif de lieu *baitha* prend le signe casuel du positif (*baithan*) et se lie à un nom d'être raisonnable. Celui-ci devenant alors régime d'un nom, se place au génitif. Si l'on disait : *aitan ez dut sinhesterik, semean gutiago* (je n'ai pas confiance dans le père, moins encore dans le fils), au point de vue de la syntaxe, la phrase serait correcte ; mais il serait mieux de dire : *aitaren baithan, semearen baithan.* La liberté du choix n'existe pas toujours. Un nom propre mérite plus de respect qu'un nom générique ; le basque ne permet pas de mettre aux cas directs, c'est-à-dire au positif, à l'ablatif et au directif, le nom d'un homme ; s'agirait-il du plus grand criminel qui ait existé, la formule de respect lui est due. C'est pourquoi l'on dira *debrua zabilan Judasen baithan* (le diable s'agitait en Judas). A part cette exception, le cas indirect n'est pas obligatoire au positif. (*Voir* § XVI.)

HUITIÈME CAS INDÉFINI, SEPTIÈME DÉFINI. — ABLATIF.

	1ʳᵉ CLASSE.	2ᵐᵉ CLASSE.	3ᵐᵉ CLASSE.
IND...	Idi-tarik.	Am-etarik.	Lan-etarik.
SING..	Idi-tik.	Am-atik.	Lan-etik.
PLUR.	Idi-etarik.	Am-êtarik.	Lan-êtarik.

L'ablatif marque un mouvement qu'on pourrait appeler d'extraction, et si on ne lui applique pas ici le nom d'*extractif*, qui donnerait une idée plus juste de la nature de ce cas, c'est uniquement pour ne pas innover sans une très-grande nécessité : *hauzitarik atheratu da* (il est sorti de procès); *zuretik chirola* (du bois la flûte); *mendietarik urak* (les eaux descendent des montagnes).

À l'ablatif, la périphrase respectueuse peut être ou admise ou rejetée de rigueur. On ne saurait dire : *gizonen ganik ederrena* (le plus beau des hommes), parce que c'est une manière spéculative de parler, sans mouvement réel ; il faut *gizonetarik*. Au contraire, on ne dira pas : *aitatik heldu naiz* (je viens de chez le père), mais bien : *aitaren baitharik*, si on fait allusion au domicile; *ganik*, si on fait allusion à la personne. *(Voir § XVII.)*

NEUVIÈME CAS INDÉFINI, HUITIÈME DÉFINI. — DIRECTIF.

	1ʳᵉ CLASSE.	2ᵐᵉ CLASSE.	3ᵐᵉ CLASSE.
IND...	Idi-tara.	Am-etara.	Lan-etara.
SING..	Idi-ra.	Am-ara.	Lan-era.
PLUR.	Idi-etara.	Am-êtara.	Lan-êtara.

Iguzkitara etzana (couché au soleil); *hauzitara dohazi* (ils vont entrer en procès; mot pour mot : ils vont vers procès); *lanera noha* (je vais au travail); *mendietara heltzean* (en arrivant aux montagnes).

Ici encore, la forme respectueuse dispute le terrain au cas direct : *Aitaren gana*, ou *aitaren baithara noha* (je vais vers le père, ou chez le père) ; on ne peut pas dire *aitara noha*. — *Gizonetik gizonera bada zer ikhus* (d'un homme à l'autre il y a de la différence) ; de même, *gizonaren gana* n'est pas admissible. *(Voir § XVIII.)*

Signes déclinatifs des noms communs.

MODE INDÉFINI.

	1ʳᵉ CLASSE.	2ᵐᵉ CLASSE.	3ᵐᵉ CLASSE.
PAS..	»	»	»
ACT..	k,	ek.	ek.
GÉN..	ren.	en.	en.
DAT..	ri.	eri.	i.
PART.	rik.	rik.	ik.
MÉD..	z.	ez.	ez.
POSIT	tan.	etan.	etan.
ABL..	tarik.	etarik.	etarik.
DIR..	tara.	etara.	etara.

Mode Défini.

Singulier.

	1re CLASSE.		2me CLASSE.		3me CLASSE.
Pas..	a.		»		a.
Act..	ak.		k.		ak.
Gén..	aren.		ren.		aren.
Dat..	ari.		ri.		ari.
Méd..	az.		z.		az.
Posit	an		n.		ean.
Abl..	tik.		tik.		etik.
Dir..	ra.		ra.		era.

Pluriel.

	1re CLASSE.		2me CLASSE.		3me CLASSE.
Pas..	ak.		k.		ak.
Act..	ek.		ek.		ek.
Gén..	en.		en.		en.
Dat..	ei.		ei.		ei.
Méd..	ez, *ou* etaz.		ez, *ou* etaz.		ez, *ou* etaz.
Posit	etan.		etan.		etan.
Abl..	etarik.		etarik.		etarik.
Dir...	etara.		etara.		etara.

Tous les noms communs, quels qu'ils soient, rentrent dans l'une de ces trois classes; — la première, destinée aux noms finissant par l'une des voyelles *e i o u ;* — la seconde, à ceux qui se terminent en *a ;* — la troisième, à ceux qui ont pour finale une consonne ou une voyelle consonnante (1). — Il suffit de prendre un radical quelconque, de le mettre, suivant sa classe, à côté de la désinence, et la déclinaison est faite. Il ne faut quelque attention que pour les noms terminés en *a,* lesquels, ainsi qu'il a été précédemment expliqué, perdent cet *a* au mode indéfini, sauf au passif et au partitif; et au pluriel, excepté au passif. Il ne reste plus qu'à tenir compte de l'ordre des noms communs *d'êtres doués de raison* pour leur appliquer, à l'occasion, les formules de respect aux trois derniers cas. Elles sont semblables à celles qu'on emploie pour les noms propres d'hommes et on les trouvera ci-après.

(1) Comme en certains endroits on ne décline pas bien régulièrement à l'indéfini les noms terminés par une voyelle consonnante, on trouvera les deux variantes usitées dans le tableau de la déclinaison.

Signes déclinatifs des noms propres d'hommes.

	1re CLASSE.	2me CLASSE.	3me CLASSE.
PAS..	»	»	»
ACT..	k.	ek.	k ou ek.
GÉN..	ren.	en.	en ou ren.
DAT..	ri.	i.	i ou ri.
PART.	rik.	ik.	ik ou rik.
MÉD..	z.	ez.	ez.
POSIT.	ren baithan.	en baithan.	en ou ren baithan.
ABL..	ren ganik, ou baitharik.	en ganik, ou baitharik.	en ou ren ganik, baitharik.
DIR...	ren gaɒa, ou baithara.	en gaɒa, ou baithara.	en ou ren gaɒa, baithara.

La première classe se compose des noms finissant par l'une des cinq voyelles ; la deuxième, de ceux terminés par une consonne ; la troisième, de ceux dont la finale est une consonnante, que quelques-uns traitent à tort comme voyelle.

Ordre des noms propres de lieux.

	1re CLASSE.	2me CLASSE.	3me CLASSE.
PAS..	»	»	»
ACT..	k.	ek.	k ou ek.
GÉN..	ren.	eren.	en.
DAT..	ri.	i.	i ou ri.
PART.	rik.	ik.	ik ou rik.
MÉD..	z.	ez.	z ou ez.
POSIT	n.	en.	n ou en.
ABL..	tik.	etik.	tik.
DIR..	ra.	era.	ra.

Le classement des mots de cet ordre est le même que pour ceux de l'ordre des noms propres d'hommes.

La parfaite uniformité de la déclinaison basque n'est rompue que par la manière différente de traiter l'homme et la bête, l'homme et la chose, et par un euphonisme régulier dans ses principes. Le basque étant une langue ennemie des exceptions, tout homme, lors même qu'il n'aurait pas la moindre notion de cet idiome, peut décliner correctement, un dictionnaire à la main, en appliquant le mot indéfini ou radical sur les cadres de la méthode précédente.

De la déclinaison des noms de nombre.

Bat (un) se décline à l'indéfini et au singulier défini comme les noms communs de troisième classe. Il n'a pas de pluriel. Cependant l'usage permet de s'en servir au passif pluriel en compagnie de *bertzeak* et on dit : *batak eta bertzeak* (les uns et les autres). Le mot spécial pour signifier *les uns* est *batzuek*, qui n'a pas de partitif et se décline comme le pronom personnel pluriel *zuek* (vous). Le labourdin en *niz* dit *batžu* qu'il décline sur l'indéfini de première classe.

Tous les noms de nombre, selon la lettre par laquelle ils finissent, suivent les règles de la déclinaison commune. Les Basques français ont fait subir une altération au passif indéfini de *bi* (deux) quand il n'accompagne pas un substantif ; au lieu de *bi ziren*, le Labourdin dit *bia ziren* ; les autres, *biga ziren*, et ils maintiennent l'addition du *g* dans le reste de la déclinaison.

Naturellement les noms de nombre multiple n'ont pas de singulier. Le singulier existe en basque à partir de trois, pour nommer les cartes à jouer ; *hirua*, *laua*, etc. (le trois, le quatre). L'usage veut que l'as et le deux se nomment *batekoa* et *bikoa*.

De la déclinaison des pronoms.

Le pronom *ni* (moi) fait, comme il est dit ailleurs, *nere* au génitif, dans le labourdin en *naiz* et le guipuscoan ; *ene*, dans le labourdin en *niz* ; *neure*, en bas-navarrais et en biscayen. Dans ce dernier dialecte, cette forme est régulière et persistante dans les autres cas, parce que son passif est *neu*. Les autres dialectes reviennent au radical *ni* dans le reste de la déclinaison. Il n'y a que le souletin qui dise *eni* au datif. (1)

Hi (toi, familier), *zu* (toi, poli), *gu* (nous), se déclinent de la même manière. *Zuek* (vous) fait le génitif comme les noms communs, et non pas comme les autres pronoms personnels.

Ber (même) fait le génitif comme les pronoms personnels ; pour le reste, il se décline comme *zer* (voir page 9). Les Labourdins ne s'en servent guère à l'indéfini, qu'au passif, au génitif et au médiatif. Ailleurs on l'emploie comme nom pronominal de temps et de lieu. Les définis *zera* et *bera* suivent la déclinaison des noms de troisième classe.

Elgar ou *elkar* (mutuellement) n'est usité qu'à l'indéfini et suit la déclinaison des noms de troisième classe sans partitif.

Nor (qui, quelle personne), *nihor*, négatif de *nor*, se déclinent comme *zer* et n'ont pas de partitif.

Norbait (quelqu'un) et tous les mots de même finale ont seulement l'indéfini des noms de troisième classe sans le partitif.

Zembat, hunembat, horrembat, hambat, appartiennent à la même classe. Le dernier est usité au partitif.

---

(1) Le bas-navarrais dit aussi *heure* (tien, familier) zeure (tien, poli). Ces formes lui sont communes avec le biscayen, qui partage cependant, disant ici *nire* et *gure*, là *neure* et *geure*.

3

Batere (aucun) est toujours indéfini et suit la déclinaison des noms de première classe.

Les génitifs des pronoms personnels deviennent les souches des pronoms possessifs. Mais à l'indéfini, ils ne servent qu'au passif et au partitif : *nere, nererik ; zure, zurerik,* etc. Au singulier et au pluriel, ils se déclinent comme les noms de la première classe. *Zuek,* est-il dit plus haut, fait le génitif comme les noms communs, *zuen.* Il suit les noms de troisième classe avec les possessifs *hunen, horren* et autres démonstratifs ; *beraren, beren, noren, nihoren, hainaren, hainen, askoren, hainitzen, ororen,* et tous les noms pronominaux de toute provenance terminés par une consonne.

Guti (peu), *guzi* (tout), *bertze* (autre), se déclinent comme les noms de première classe.

Deus (rien) n'a que l'indéfini de la troisième classe.

Batbedera (chacun) n'a pas d'indéfini ; il se décline comme les noms de deuxième classe. *Bakhotcha,* dans le sens de *chacun, chaque,* ne sert non plus qu'au défini ; mais quand il signifie *un,* on l'emploie à l'indéfini : *bakotch batzu* (quelques-uns), *bakhotchik ere ez du* (il n'en a pas un seul). Il est de la déclinaison de troisième classe, de même que *bakhar* (unique) *hainitz* (beaucoup), *bakhan* (rare, clair-semé).

Les trois degrés de *tel, hulakoa, holakoa, halakoa,* appartiennent à la première classe de la déclinaison.

Zein-nahi (quiconque, quelconque), *zernahi* (quelque chose que ce soit) n'ont que l'indéfini sans partitif de cette même classe.

Edozein (quiconque, quelconque) se décline comme *zein,* mais ne sert pas au défini.

C'est le génie de la langue qui restreint l'emploi des pronoms à certains modes et à certains cas. On voit, par exemple, que *bakhotch* ou *bakhoitz* (suivant le dialecte), dont la signification change d'après l'usage qu'on en fait, ne se déclinera qu'au défini quand il a le sens de *chacun,* et il s'étendra à l'indéfini avec une autre signification.

A la suite de la déclinaison du substantif, on trouvera celles des pronoms personnels, relatifs-démonstratifs, et composés-démonstratifs.

TABLEAU
de la déclinaison avec indication des euphonies.

NOMS PROPRES D'HOMMES.

	1re CLASSE.	2me CLASSE.	3me CLASSE.
PAS..	Joana.	Joanes.	Zelhay.
ACT.	Joana-k.	Joanes-ek (e euph.)	Zelhay-k ou ek (e euph.)
GÉN..	Joana-ren (r euph.)	Joanes-en.	Zelhay-en.
DAT..	Joana-ri (id.)	Joanes-i.	Zelhay-i ou ri (r euph.)
PART.	Joana-rik (id.)	Joanes-ik.	Zelhay-ik ou rik (id.)
MÉD..	Joana-z.	Joanes-ez (id.)	Zelhay-ez (e euph.)

Périphrases à sens respectueux.

POS.	Joanaren baithan.	Joanesen baithan.	Zelhayen baithan.
ABL.	Joanaren baitharik ou ganik.	Joanesen baitharik ou ganik.	Zelhayen baitharik ou ganik.
DIR.	Joanaren baithara ou gana.	Joanesen baithara ou gana.	Zelhayen baithara ou gana.

NOMS PROPRES DE LIEUX.

	1re CLASSE.	2me CLASSE.	3me CLASSE.
PAS..	Sara.	Larrun.	Bidarray.
ACT..	Sara-k.	Larrun-ek (e euph.)	Bidarray-k ou ek (e eup.)
GÉN..	Sara-ren (r euph.)	Larrun-eren (er eup.)	Bidarray-en.
DAT..	Sara-ri (id.)	Larrun-i	Bidarray-i ou ri (r euph.)
PART.	Sara-rik (id)	Larrun-ik.	Bidarray-ik ou rik (id).
MÉD..	Sara-z.	Larrun-ez (e euph.)	Bidarray-z ou ez (e euph.)
POSt..	Sara-n.	Larrun-en (id)	Bidarray-n.
ABL..	Sara-tik.	Larrun-etik (id.)	Bidarray-tik.
DIR..	Sara-ra.	Larrun-era (id)	Bidarray-ra.

NOMS COMMUNS D'ÊTRES RAISONNABLES.

MODE INDÉFINI.

	1re CLASSE.	2me CLASSE.	3me CLASSE.
PAS..	Seme.	Aita.	Jaun.
ACT..	Seme-k.	Ait-ek (e euph.)	Jaun-ek (e euph.)
GÉN..	Seme-ren (r euph.)	Ait-en.	Jaun-en.
DAT..	Seme-ri (id.)	Ait-eri (er euph)	Jaun-i
PART.	Seme-rik (id.)	Aita-rik (r euph)	Jaun-ik.
MÉD..	Seme-z.	Ait-ez (e euph.)	Jaun-ez (id.)
POSI..	Seme-tan	Ait-etan (id)	Jaun-etan (id.)
ABL...	Seme-tarik.	Ait-etarik (id.)	Jaun-etarik (id.)
DIR...	Seme-tara.	Ait-etara (id)	Jaun-etara (id.)

Respectueux.

POS.	Semeren baithan.	Aiten haithan.	Jaunen baithan.
ABL.	Semeren baitharik ou ganik.	Aiten baitharic ou ganik.	Jaunen baitharik ou ganik.
DIR.	Semeren baithara ou gana.	Aiten baithara ou gana.	Jaunen baithara ou gana.

MODE DÉFINI.

Singulier.

	1re CLASSE.	2me CLASSE.	3me CLASSE.
PAS.	Seme-a.	Aita.	Jaun-a
ACT...	Seme-ak.	Aita-k.	Jaun-ak.
GÉN.	Seme-aren.	Aita-ren.	Jaun-aren.
DAT..	Seme-ari.	Aita-ri.	Jaun-ari.
MÉD..	Seme-az.	Aita-z.	Jaun-az.
POSI..	Seme-an.	Aita-n.	Jaun-ean (e euph.)
ABL..	Seme-tik.	Aita-tik.	Jaun-etik (id.)
DIR...	Seme-ra	Aita-ra.	Jaun-era (id.)

Respectueux.

Pos. Semearen baithan.	Aitaren baithan.	Jaunaren baithan.
Abl. Semearen baitharik *ou* ganik.	Aitaren baitharik *ou* ganik.	Jaunaren baitharik *ou* ganik.
Dir. Semearen baitara *ou* gana.	Aitaren baithara *ou* gana.	Jaunaren baithara *ou* gana

Pluriel.

Pas..	Seme-ak.	Aita-k.	Jaun-ak.
Act...	Seme-ek.	Ait-êk.	Jaun-ek.
Gén ..	Seme-en.	Ait-ên.	Jaun-en.
Dat..	Seme-ei.	Ait-êi.	Jaun-ei.
Méd..	Seme-etaz *ou* seme-ez.	Ait-êtaz *ou* ait-êz.	Jaun-etaz *ou* jaun-ez.
Posi..	Seme-etan.	Ait-êtan.	Jaun-etan.
Abl..	Seme-etarik.	Ait-êtarik.	Jaun-etarik.
Dir..	Seme-etara.	Ait-êtara.	Jaun-etara.

Respectueux.

Abl. Semeen baithan.	Aiten baithan.	Jaunen baithan.
Pos. Semeen baitharik *ou* ganik.	Aitên baitharik *ou* ganik.	Jaunen baitharik *ou* ganik.
Dir. Semeen baithara *ou* gana.	Aitên baithara *ou* gana.	Jaunen baithara *ou* gana.

Noms d'êtres raisonnables finissant par voyelles consonnantes.

Mode Indéfini.	Mode Défini.	
	Singulier.	*Pluriel.*
Pas.. Exay.	Exay-a.	Exay-ak.
Act.. Exay-k *ou* ek.	Exay-ak.	Exay-ek.
Gén.. Exay-en *ou* ren.	Exay-aren.	Exay-en.
Dat.. Exay-i *ou* ri.	Exay-ari.	Exay-ei.
Part. Exay-rik.		
Méd.. Exay-z *ou* ez.	Exay-az.	Exay-etaz *ou* exay-ez.
Posi.. Exay-tan *ou* etan.	Exay-ean (*e* euph.)	Exay-etan.
Abl.. Exay-tarik *ou* etarik.	Exay-etik (id.)	Exay-etarik.
Dir.. Exay-tara *ou* etara.	Exay-era (id)	Exay-etara.

Respectueux.

Pos. Exayren baithan.	Exayaren baithan.	Exayen baithan.
Abl. Exayren baitharik *ou* ganik.	Exayaren baitharik *ou* ganik.	Exayen baitharik *ou* ganik.
Dir. Exayren baithara *ou* gana.	Exayaren baithara *ou* gana.	Exayen baithara *ou* gana.

Il est inutile de donner la déclinaison des noms d'êtres *non doués de raison ;* elle est absolument la même que celle qui précède, à ceci près qu'elle n'est pas susceptible de recevoir les formes respectueuses.

Pronoms Personnels.

	(MOI.)	(VOUS sing.)	(VOUS pluriel.)
Pas.	Ni.	Zu.	Zu-ek.
Act.	Ni-k.	Zu-k.	Zu-ek.
Gén.	Ne-re (*r* euph.)	Zu-re (*r* euph.)	Zu-en.
Dat.	Ni-ri (id.)	Zu-ri (id)	Zu-ei.
Méd.	Ni-taz.	Zu-taz.	Zu-etaz.
Pos.	Ni-tan.	Zu-tan.	Zu-etan.
Abl.	Ni-tarik.	Zu-tarik.	Zu-etarik.
Dir.	Ni-tara	Zu-tara.	Zu-etara.

Il est inutile de continuer à rapporter le *respectueux* dont tous les pronoms sont susceptibles, et qui se forme du génitif auquel on ajoute *baithan, ganik,* etc.

PRONOM INTERROGATIF-RELATIF.

	(QUEL.)	(LEQUEL.)	(LESQUELS.)
PAS.	Zein.	Zein-a.	Zein-ak.
ACT.	Zein-ek (e euph.)	Zein-ak.	Zein-ék.
GÉN.	Zein-en.	Zein-aren.	Zein-en.
DAT.	Zein-i.	Zein-ari.	Zein-ei.
MÉD.	Zein-taz.	Zein-az.	Zein-ez ou zein-etaz.
POS.	Zein-tan.	Zein-ean (e euph.)	Zein-etan.
ABL.	Zein-tarik.	Zein-etik (id.)	Zein-etarik.
DIR.	Zein-tara.	Zein-era (id.)	Zein-etara.

Les Labourdins disent aussi *zoin* pour *zein ;* les Souletins *zuiñ.*

Zeina et *haina* concourent à former un démonstratif spécial : *zeinak lan, hainak jan (celui* qui travaille, *celui-là* doit manger). Ils se déclinent l'un sur l'autre. *Haina* est sans emploi à l'indéfini. Il sert aussi à suppléer le nom d'une personne qu'on ne veut pas nommer : Quelqu'un s'est plaint de vous, IL A DIT QUE *hainak erran du.*

PRONOM DÉMONSTRATIF LABOURDIN.

Singulier.

	1er DEGRÉ.	2me DEGRÉ.	3me DEGRÉ.
PAS.	Hau.	Hori.	Hura.
ACT.	Hun-ek.	Horr-ek.	Har-ek.
GÉN.	Hun-en.	Horr-en.	Har-en.
DAT.	Hun-i.	Horr-i.	Har-i
MÉD.	Hun-taz.	Hor-taz.	Har-taz.
POSI.	Hun-tan.	Hor-tan.	Har-tan.
ABL.	Hun-tarik.	Hor-tarik.	Har-tarik
DIR.	Hun-tara.	Hor-tara.	Har-tara.

Pluriel du dialecte en NAIZ.

PAS.	Hau-ki-ek.	Hoi-ki-ek.	He-ki-ek.
ACT.	Hau-ki-ék.	Hoi-ki-ék.	He-ki-ék.
GÉN.	Hau-ki-en.	Hoi-ki-en.	He-ki-en.
DAT.	Hau-ki-ei.	Hoi-ki-ei.	He-ki-ei.
MÉD.	Hau-ki-ez ou etaz.	Hoi-ki-ez ou etaz.	He-ki-ez ou etaz.
POSI.	Hau-ki-etan.	Hoi-ki-etan.	He-ki-etan.
ABL.	Hau-ki-etarik.	Hoi-ki-etarik.	He-ki-etarik.
DIR.	Hau-ki-etara.	Hoi-ki-etara.	He-ki-etara.

Variante du même.

PAS.	Hau-k.	Hori-ek.	He-k.
ACT.	Hau-ek.	Hori-ék.	He-ki-k.
GÉN.	Hau-en.	Hori-en.	He-ki-n.
DAT.	Hau ei.	Hori-ei.	He-k-i.
MÉD.	Hau-ez ou etaz.	Hori-ez ou etaz.	He-ki-z ou taz.
POSI.	Hau-etan.	Hori-etan.	He-ki-tan.
ABL.	Hau-etarik.	Hori-etarik.	He-ki-tarik.
DIR.	Hau-etara.	Hori-etara.	He-ki-tara.

Pluriel du dialecte en NIZ.

PAS.	Hau-k.	Hoi-k.	He-k.	He-k.
ACT.	Hauy-ek.	Hoy-ek.	Hey-ek.	Hé-k.
GÉN.	Hauy-en.	Hoy-en.	Hey-en.	He-n.
DAT.	Hauy-er.	Hoy-er.	Hey-er.	He-i *ou* er.
MÉD.	Hauy-ez *ou* etaz.	Hoy-ez *ou* etaz.	Hey-ez *ou* etaz.	He-z *ou* taz.
POSI.	Hauy-etan.	Hoi-tan.	Hey-etan.	He-tan.
ABL	Hauy-etarik.	Hoi-tarik.	Hey-etarik.	He-tarik.
DIR..	Hauy-etara.	Hoi-tara.	Hey-etara.	He-tara.

Le pluriel du deuxième degré, dans le dialecte en *niz*, est une contraction assez peu constante. Le Souletin dit avec raison *horik* et non *hoik*. Au pluriel du troisième degré, après avoir fait *hurak* au passif, il mêle indistinctement aux formes du dialecte en *niz*, celles du Guipuscoa, en disant : *hayek*, *hayen*, *hetzaz* ou *hayetzaz*, etc.

Ces pronoms prennent les formes respectueuses quand ils suppléent des noms d'êtres doués de raison.

PRONOMS COMPOSÉS.

Singulier.

	Labourd. en *naiz.*	Labourd. en *niz.*	Bas-Navarrais.	
PAS.	Zeronj.	Zuhoroni.	Zuhaur.	Zuhau.
ACT.	Zeron-ek.	Zuhoron-ek.	Zuhaur-ek.	Zuhau-k.
GÉN.	Zeron-en.	Zuhoron-en.	Zuhaur-en.	Zuhau-n.
DAT.	Zeron-iri.	Zuhoron-iri.	Zuhaur-i.	Zuhau-ri.
MÉD.	Zeron-ez.	Zuhoron-ez.	Zuhaur-ez.	Zuhau-z.
POSI.	Zeron-etan.	Zuhoron-etan.	Zuhaur-tan.	Zuhau-tan.
ABL..	Zeron-etarik.	Zuhoron-etarik.	Zuhaur-tarik.	Zuhau-tarik.
DIR..	Zeron-etara.	Zuhoron-etara.	Zuhaur-tara.	Zuhau-tara.

Pluriel.

PAS.	Zero-k.	Zuhoro.	Zihauri-ek.	
ACT.	Zero-ek.	Zuhoro-k	Zihauri-ék.	
GÉN.	Zero-en.	Zuhoro-n.	Zihauri-en.	
DAT.	Zero-ei.	Zuhoro-r.	Zihauri-er.	
MÉD.	Zero-etaz	Zuhoro-z *ou* taz.	Zihauri etaz.	
POSI.	Zero-etan.	Zuhoro-tan.	Zihauri-etan.	
ABL.	Zero-etarik.	Zuhoro-tarik.	Zihauri-etarik.	
DIR..	Zero-etara	Zuhoro-tara.	Zihauri-etara.	

1° Sur *zeroni* (vous-même), on décline *neroni* (moi-même) et *heroni* (toi-même), qui n'ont pas de pluriel. On ne fait pas communément sentir le *r* et on prononce *neoni*, *zeoni*, etc.

2° On dit aussi bien *zerorri*, *herorri*, *nerorri*, qu'on prononce *zeorri*, etc., et on décline sur le paradigme de *zeroni* en changeant le *n* en *rr*. Au pluriel, tous deux tombent dans *zerok*. Il paraît qu'autrefois on disait *zebok*, *zeboek*. etc. On trouve ce pluriel ainsi décliné dans Harriet et on en voit l'emploi dans les auteurs.

3° *Geroni* (nous-mêmes), se décline sur *zerok* avec cette seule différence que *gerok* a été converti en *geroni*.

4° Sur *zuhoroni* (vous-même), on décline les singuliers *nihoroni* (moi-même) et *hioroni* (toi-même). Le pluriel *guhoro* (nous-mêmes) ou *guhoroni*, se décline sur *zuhoro*. Ces derniers ont une variante qui consiste dans l'addition d'un *y* et on dit *guyhoro* et *zuyhoro*.

5° Les deux variantes bas-navarraises *zuhaur* et *zuhau* ont le même pluriel, sur lequel on décline *guhaurek* ou *gihaurek* (nous-mêmes) ; sur le singulier se déclinent *nihaur* ou *nihau* (moi-même), *hihaur* ou *hihau* (toi-même).

6° Le Guipuscoan et le Biscayen sont plus complets ; ils ont le troisième pronom composé, *berau* (lui-même), et en outre, le singulier *berori*, qui s'emploie en signe de respect avec le verbe à la troisième personne. Les Basques français ne parlent pas à la troisième personne. Puis, au lieu du composé *berau*, ils en prennent séparément les éléments : *hau*, *hori*, *hura*, avec *bera* (le même). Les Labourdins usent souvent de ce moyen dans plusieurs cas des composés qu'ils possèdent.

Des divers paradigmes de déclinaison.

Larramendi a laissé une déclinaison très-imparfaite que les autres grammairiens guipuscoans n'ont pas améliorée. Que les dénominations de cas reçues dans la déclinaison latine fussent applicables ou non au paradigme basque, ils les ont admises sans y ajouter ni diminuer. Ils présentent plusieurs nominatifs, génitifs, datifs, etc., donnant des formules de langage pour des cas, laissant en dehors de leur paradigme des cas véritables, parce qu'ils n'ont pas su distinguer les deux modes dont Oihenart avait pourtant déjà signalé l'existence.

Martin Harriet, de Larressore, sans montrer la prétention de former un paradigme particulier, a donné une foule de formules de langage au milieu desquelles se trouvent mêlés tous les vrais cas. On remarque surtout, à la page 232, la déclinaison de *emana*, à laquelle, pour être complète, il ne manque que l'indéfini. Lécluse a fait moins bien.

Enfin est arrivé Darrigol. Quoique imparfait, son système aplanit beaucoup de difficultés et ses explications mettent sur la voie du paradigme régulier.

Chaho, venu le dernier, a dit peu de chose sur la déclinaison et n'a pas fait avancer la question.

En parlant des cas nombreux proposés par les grammairiens basques, voici comment s'exprime l'auteur d'un *Essai de grammaire de la langue basque*, imprimé à Amsterdam en 1865 :

« Tous les cas doivent avoir des noms, et c'est ainsi que pour le plaisir de calquer la grammaire basque sur celle des langues plus connues de l'Europe, l'on forme une série de cas (20 selon les uns, 16 selon les autres, le nombre n'est jamais fixé), dont les noms baroques ne servent qu'à embrouiller une grammaire très simple en elle-même. » *(Essai, page 4.)*

L'auteur, tombant dans l'excès contraire, ne reconnaît que trois cas.

Après de longues méditations, on a essayé, dans cette *Etude*, de ramener le paradigme à ses proportions naturelles. L'inconvénient de noms perpétuellement changés a été évité ; on a principalement suivi la nomenclature mise en cours par Darrigol qui, conservant les dénominations latines qu'il pensait être applicables à la déclinaison basque, en a présenté de nouvelles pour plusieurs cas. Le regrettable philologue, mort jeune, à 38 ans, supérieur d'un grand séminaire, n'avait guère pu consacrer de temps à l'étude du basque. Aussi, malgré la sagacité et l'aptitude dont il fait preuve, sent-on que son travail sur la déclinaison n'est pas suffisamment digéré. De là, des tâtonnements et aussi des erreurs. Il avait trop de justesse d'esprit pour ne pas se douter de l'imperfection du paradigme qu'il proposait ; c'est lui-même qui fait connaître ce sentiment *(Dissert., page 68.)*— Au grand regret de tous, le temps lui a manqué pour approfondir la matière et retoucher son ébauche.

Malgré les parties contestables de son paradigme, l'œuvre de Darrigol est remarquable, et c'est sans doute aux obstacles qu'il a abattus que l'*Etude* présente devra l'avantage d'aborder directement les dernières difficultés.

Après avoir présenté, pour décliner à l'indéfini le mot *handi*, dix-huit formes casuelles, dont quinze avec des numéros d'ordre, et ce dernier nombre de quinze, tant au pluriel qu'au singulier, Darrigol a cru devoir réduire la déclinaison à dix cas indéfinis, dix singuliers et dix pluriels *(page 75.)*

Concordance parfaite entre le défini et l'indéfini, voilà quelle théorie l'a séduit.

De peur de détruire l'harmonie factice de son idéal, il a dû exclure un cas bien constaté, le partitif, qui n'ayant pas de correspondant au mode défini, par cela même dérangeait le système. Il causait encore plus d'embarras à Larramendi et à Lardizabal. Ces grammairiens, ignorant le mode indéfini, étaient fort empêchés de trouver une place pour un cas qui n'est ni singulier ni pluriel. Ils se contentent donc d'en parler par observation.

Ils ont tous conservé la dénomination de *nominatif* qui ne convient pas à la grammaire basque.

Dans l'ordre des idées reçues, le nominatif est le sujet de la proposition ; il est le sujet et non le régime du verbe. Or quand on dit: *gizona hil du* (il a tué l'homme), *gizona* est un régime qui ne peut recevoir la dénomination qu'on lui donne ; c'est un passif défini. On appelle encore nominatif le passif indéfini. Un substantif qui devrait être à n'importe quel cas, perd la déclinative devant son adjectif et se trouve rejeté au passif indéfini : *gizon onari* (au brave homme). On pourrait faire ainsi douze phrases dans lesquelles se trouverait ce nominatif qui serait traduit par les douze cas de la déclinaison latine. Astarloa, non sans raison, a appelé *agent* et *patient* les prétendus nominatifs basques. Cette réforme prévient la confusion et satisfait au premier besoin de tout traité grammatical, c'est-à-dire à la précision et à l'exactitude dans les termes. Ces dénominations sont, d'ailleurs, en concordance parfaite avec les deux formes du verbe, l'une de nature active, l'autre de nature passive. *Gizona hil da* (l'homme est mort); voilà le verbe passif avec son sujet passif. Mais si le verbe est actif, le sujet doit être aussi actif et le régime passif : *gizonak oxoa hil du* (l'homme a tué le loup). L'accord est évident. Rentrant ainsi dans le vrai, la grammaire simplifie et facilite ses démonstrations. Dès qu'on a reconnu l'état actif ou passif tant du verbe que du substantif, la phrase basque est plus qu'à moitié expliquée, parce que les relations secondaires se découvrent pour ainsi dire d'elles-mêmes.

Méthode pour reconnaître les parties de la déclinaison.

Un principe découlant de l'ordre naturel des choses, c'est que la déclinative ne régit pas le substantif ; elle doit donc s'adapter au radical sans l'altérer en rien, et chaque signe casuel marquera ainsi une relation distincte. Un cas étant établi, il peut bien recevoir un affixe qui formera un dérivé, mais non deux signes casuels successivement et l'un sur l'autre. Deux signes casuels emportent deux relations ; il ne leur est pas donné de former une relation mixte ou combinée. C'est du moins ce qui arrive dans le basque et met sa déclinaison au net, en faisant tomber l'échafaudage de cas élevé autour d'elle.

Elatif, Causatif, Caritif.

On a inventé ces noms pour désigner les formules suivantes : *semearen ganik* (*venant de* la personne du fils), *semearen gatik* (*à cause de* la personne du fils), *semea gabe* (*sans le* fils). Les deux premières formules sont composées de deux génitifs régis par deux noms mis à l'ablatif.

Quand on a voulu faire un cas unique de *semearen ganik* on n'a sans doute pas songé qu'il y a là deux relations et nécessairement deux régisseurs, deux

4

cas différents. L'action du verbe ne s'étend pas sur *semearen* qui est le régime de *ganik*, lequel marque seul la relation ablative de *tel* à *tel*. La démonstration sera complète si on considère que les signes casuels, isolés du substantif, ne signifient absolument rien. Quels sont-ils ? — *k, en, i, ik, taz, tan, tarik, tara*. A l'état d'isolement, ces terminatives ne renferment en elles-mêmes aucun sens ; unies au radical du substantif, elles forment les cas du premier mode. Passant au second mode, on voit un pronom déterminer ce qui était indéfini. Que le pronom s'interpose entre le radical et le signe casuel, ou qu'il apporte avec lui ce signe, il n'importe ; il s'unit intimement au radical avec lequel il forme un tout homogène dans lequel chaque partie, quoique très-reconnaissable, n'a pas d'individualité particulière. Est-ce là ce qu'on trouve dans *seme-aren gan-ik ?* — On y voit deux opérations successives faites sur deux mots, dont chacun a son sens propre, incomplet , il est vrai, sous le rapport de l'idée, qui n'est pas encore exposée dans son ensemble, mais complet quant à la relation. Il y a là deux cas, deux mots, l'un régi par l'autre, et celui-ci régi lui-même par le verbe.

« Oihenart, dit M. A. d'Abbadie, a posé la règle qui doit guider le grammairien dans l'énumération des cas de la déclinaison basque. Il faut en rejeter tout enclitique même correspondant à une préposition dans les autres langues, alors que cette finale peut présenter, dans son isolement, un sens complet. Conséquemment *gizonagabe*, sans l'homme, ne sera pas tenu pour un cas. » *(Prolég. page 11).*

Faute d'avoir observé le précepte que rappelle M. d'Abbadie, on a entouré la déclinaison de difficultés, au milieu desquelles s'embarrasse l'homme qui veut pénétrer dans le mécanisme du basque. Il faut l'en délivrer, et pour cela porter le scalpel plus avant.

Causatif, Supplétif, Suppositif, Destinatif.

Parmi les terminatives acceptées comme casuelles par les uns et rejetées par les autres, se trouve l'enclitique *tzat* ou *zat* (le *t* est euphonique) qui est supplétif, causatif, suppositif, explétif ou destinatif, selon l'usage que l'on en fait. — *Zuretzat ez-bada, hori egizu nere gatik* (si ce n'est pour vous-même, faites cela pour l'amour de moi), voilà un causatif enté sur génitif ; — *Etzare gizon handitzat iraganen* (vous ne passerez pas pour grand homme), suppositif enté sur radical ; — *Anayarentzat soldado* (soldat pour, à la place de son frère), supplétif sur génitif défini ; — *Bi ardirentzat saldu du aratchea* (il a vendu le veau pour deux brebis), supplétif sur génitif indéfini ; — *Idientzat*

belharra (le foin pour les bœufs), voilà le destinatif enté sur génitif pluriel ;
— *Aberastekotzat* (pour devenir riche), explétif n'ajoutant rien au sens, et enté sur radical composé verbal.

Tel quel, cet affixe affecte la forme du directif. Il nous revient encore dans le dialecte souletin sous forme de méditatif dans plusieurs pronoms : *zertzaz*, *harzaz, nitzaz ;* le biscayen nous le montre au même cas en union avec les radicaux et les génitifs. Il faudrait mettre tous les principes de côté pour lui attribuer le caractère casuel de désinence déclinative. Les grammairiens guipuscoans ont fait un datif de *gizonarentzat.* C'est attribuer deux désinences à la fois à un même cas. Darrigol, en l'admettant dans la déclinaison de chose animée et le repoussant dans celle de chose inanimée, se met en opposition avec lui-même. Personne ne l'admet quand il se joint à un radical, comme dans *semetzat, menditzat ;* et cependant ce n'est qu'alors seulement qu'il pour-rait aspirer à être reçu pour un cas. Cela est si vrai que, s'il accompagne un génitif, il peut être sous-entendu. On dit *bakhotcha bere* (chacun pour soi) ou *beretzat; hobe zure* (tant mieux pour vous) ou *zuretzat ;* et en parlant suivant la loi du talion, *begia begiaren* (œil pour œil), *hortza hartzaren* (dent pour dent), ou *begiarentzat, hortzarentzat.* On s'en passe fort bien quand il pour-rait accompagner le génitif. Et quand on dit *lagun hartzen zaitut* (je vous prends pour compagnon), au lieu de dire *laguntzat,* c'est supprimer la dési-nence unie à l'indéfini. Elle est purement explétive ou intentive dans *etcheko-tzat, ikhustekotzat,* etc., et sa suppression ne souffre pas de difficulté.

Tzat est un suffixe comme il y en a beaucoup d'autres qu'on n'a pas songé à faire entrer dans la déclinaison.

UNITIF, MODATIF, FRÉQUENTATIF.

La désinence *kin* se joint au génitif; dans quelques endroits du Guipuscoa elle s'agence avec le passif défini. Darrigol la présente dans son paradigme sous le nom d'*unitif,* parce qu'elle équivaut à la préposition *avec : gizonare-kin* (avec l'homme).

La désinence *ki* représente l'adverbe *de manière* ou *modatif* formé de l'ad-jectif : *gogorki* (durement).

Le fréquentatif *ka* se lie à tous les noms communs: *harrika* (à coups de pier-res); *marrumaka* (à hauts cris); *metaka* (en piles); *lasterka* (à la course).

Ces trois désinences sont réunies ici à cause des rapports immédiats qui en forment un groupe.

Darrigol s'accorde avec les grammairiens guipuscoans pour présenter *kin* comme une désinence déclinative. Mais pour cela, cet affixe ne devrait pas s'attacher à un cas déjà caractérisé. On dit *semearekin*, au lieu de *semearenkin*, par une élision euphonique dont on trouve un second exemple dans le même mot dès qu'on y joint la désinence paragogique *lan*, *semearekilan*, pour *semearenkinlan*.

Darrigol reçoit aussi le fréquentatif *ka* dans le paradigme de *handi*, mais le repousse de son paradigme réduit, sans doute parce qu'il appartient au mode indéfini, qu'il n'a pas de correspondant au défini et qu'il aurait renversé le système adopté de l'harmonie exacte des deux modes. Ni Larramendi ni Lardizabal n'en font un cas.

Le modatif *ki* sert à définir un état physique ou moral ; il s'allie donc aux qualificatifs, ou noms adjectifs, comme dans *guri* (mou), *guriki* (mollement) ; quelquefois aux noms participes : *argituki* (d'une manière éclairée), ou bien à des substantifs pris adjectivement : *gizon* (homme), *gizonki* (virilement). Darrigol, après avoir fort bien expliqué la nature de l'adverbe, n'admet pas que la finale *ki* emporte ce caractère.

En effet, quand on voit les adverbes de temps, de lieux, etc., des autres langues, les prépositions, les conjonctions et jusqu'aux interjections, qu'enfin tous les mots basques sont déclinables, il est difficile d'imaginer que cette loi universelle soit brisée par le modatif. — Si la désinence *ki* n'est pas casuelle, comme chacun en convient, c'est un suffixe tel que : *tzat, lan, xu*, dans *zembaxu* (combien *approximativement*) *ter* ou *tzer* dans *egiter, erortzer* (ayant *failli* faire, tomber), etc.

Darrigol le rapprochant de cette autre désinence *kin*, fait l'observation suivante : « On dit *aitarekin* ou *aitareki* indifféremment (1), et cela signifie *avec le père ;* on dit de même *zuhurki* (avec prudence). »

Poussons plus loin le rapprochement. N'y a-t-il pas une corrélation intime entre *bethearekin* (avec ce qui est plein), *betheki* (avec plénitude, pleinement), et *betheka — esku betheka* (à pleines mains) ? On retrouve la même affinité dans les noms verbaux : *Ibilki*, dira-t-on à un passant, *vous êtes en marche, avec la marche; — Gauza jakinki eta ez duzu erran* (sachant la chose, étant avec la connaissance de la chose, vous n'avez rien dit) ; — *Ikhuski eta etzare higitzen* (voyant la chose, vous ne bougez pas).

Dans cette situation, *ki* est un véritable intensif ayant la même valeur que

---

(1) *Indifféremment* non ; certains dialectes disent *ki*, tel est le souletin ; d'autres disent *kin*.

ka. La connexité de ces deux enclitiques se fait mieux sentir par leur rapprochement dans les noms verbaux. Quand d'un côté on voit *joaki, egoki, ibilki, ikhuski, izaki*, etc., etc.; de l'autre *derabilka* (pour *derabila*), *dakharka* (pour *dakhar*), *daramaka* (pour *darama*), on ne peut s'empêcher de reconnaître l'intentif. Du même principe viennent les verbaux *chehakatzea, ambilkatzea, umakatzea*, etc., disant plus que *chehatzea, ambiltzea, umatzea*. On dit indifféremment *dakharzkit* (je les apporte), ou *dakharzkat, dakhuskit* (je les vois), ou *dakhuskat, dakizki* (il les sait), ou *dakizka, derabilzkitzu* (vous les maniez), ou *derabilzkatzu*, etc. Tel dialecte préfère *ki*, tel autre *ka;* tel encore aimera mieux dire *dakitza, deramatza*, etc. Le fond reste le même.

Par leur manière de servir, les affixes *ki, kin, ka*, dénoncent leur communauté d'origine ; entre eux il n'y a que des nuances légères rendues par les variations finales. Leur analogie se montre encore dans les dérivés qu'ils fournissent. De *on* (bon) n'a-t-on pas fait *ongi* (bien, *benè*) et *ongia* (le bien)? — De même de *gaitz* (mauvais) *gaizki* (mal, *malè*) et *gaizkia* (le mal). — On nomme, suivant les localités, *ihaurkia* ou *ihaurkina* les essences végétales dont on fait la litière du bétail ; *aphainkina* (criblure de grains), *churikina* (balle de maïs) dérivent de la même source. Ce que l'on a appelé *adverbe* et *unitif* ne sont donc que des radicaux composés qui servent au passif indéfini, tout comme cet adverbe de temps *berant* (tard), cet autre de lieu *urrun* (loin) sont les indéfinis de *urruna* (le lointain), *beranta* (le tard). *Kin, ki, ka*, n'ont de valeur propre qu'autant qu'on les lie à des noms ; c'est ce qui arrive à la plupart des affixes. Mais ce qui distinguera toujours la déclinative de l'affixe, c'est qu'elle ne s'unit qu'au radical, tandis que l'affixe s'adapte aux cas et souvent à plusieurs cas. On a vu *kin* s'agencer avec le passif et le génitif des deux modes ; voici *ki* et *ka* quittant le passif indéfini pour s'allier au médiatif dans *handiz-ki* (grandement), *egiaz-ki* (véritablement), *erdiz-ka* (à moitié), *aldiz-ka* (tour à tour), *biraz-ka* (deux par deux). La conclusion est que la déclinaison basque n'a pas de cas qu'on puisse appeler *unitif, modatif* ni *fréquentatif*.

POSITIF, ABLATIF, DIRECTIF, DESTINATIF.

On trouvera à la II° partie, § III, les motifs pour lesquels le positif, l'ablatif et le directif ne sauraient être acceptés par la grammaire tels qu'ils ont été indiqués jusqu'à présent.

Le destinatif en *tzat* est réservé par Darrigol à la déclinaison de nom de choses animées. Cependant cette désinence accompagne tout aussi bien les noms de choses inanimées : *Ongarria lurrarentzat on da* (le fumier est avantageux à la terre).

Darrigol établit ainsi un destinatif différent :

Menditako (pour montagne).

Mendiko (pour la montagne).

Mendietako (pour les montagnes).

Cette traduction, donnée sans explication, est d'autant plus propre à induire en errreur, que les consonnances entre les modes et les nombres sont parfaites.

On dit, il est vrai, *mendiko on den gauza* (ce qui est bon pour la montagne). C'est une ellipse dissimulant une faute qui produit confusion. Pour être correct, il faudrait dire *mendirako* et traduire, non par chose bonne *pour la montagne*, mais bien *pour servir sur la montagne*. S'il en était autrement, il faudrait dire *mendiarentzat*.

Mendiko signifie *de la montagne; mendirako, qui est en direction vers la montagne*. Un Guipuscoan distinguera fort bien ; un Labourdin pourra employer le premier pour le second. C'est là que se trouve l'incorrection. A la faveur des nombreuses contractions que l'on fait en parlant, cette faute est passée en plus d'un livre. Cependant les bons auteurs ne s'y trompent guère.

L'affixe *ko* se joint à plusieurs cas et à une foule de désinences pour former des radicaux nouveaux. C'est un passif indéfini qui en résulte, et non un cas particulier ayant besoin d'une dénomination quelconque : *etcheko, etchekoa; zurezko, zurezkoa ; zerurako, zerurakoa ; zerutikako, zerutikakoa*, etc., etc.

VOCATIF.

On ne place pas le vocatif au nombre des cas, parce que le basque n'a pas de flexion casuelle spéciale pour le vocatif. Les langues néo-latines ne mettent pas d'article devant le substantif qui sert ainsi de vocatif. Le basque suit une autre marche; il ne comprend pas qu'un appel soit adressé sous une forme indéterminée ; il se sert des passifs singulier et pluriel : *gizona, gizonak!* L'accent tonique porte sur la dernière voyelle, et on prononce comme s'il y avait *gizonaa*, et ce n'est pas même sans aspiration qu'on prononce la dernière syllabe si l'on y met quelque énergie, *gizonaah !*

Il arrive de dire exceptionnellement à l'indéfini *gizon, muthil*. C'est irrespectueux.

Le vocatif pluriel (cela n'a pas lieu avec le singulier) peut être présenté comme sujet du verbe. Cette phrase « hommes et femmes, écoutez » est susceptible de deux traductions ; l'une se servira du vocatif ordinaire, c'est-à-dire du passif pluriel : *gizonak eta emaztekiak, adi zazue*. L'autre empruntera la forme de sujet du verbe actif, et le vocatif sera remplacé par l'actif pluriel de la déclinaison : *gizonek eta emaztekiek adi zazue*.

DEUXIÈME PARTIE.

Observations et Remarques.

§ I.

NATURE DE LA DÉCLINAISON.

Le basque a-t-il une déclinaison ? — La question serait oiseuse sans doute, si nos signes déclinatifs n'avaient pas été mis en discussion. Plus d'une fois ils se réduisent à une simple voyelle ou à une seule consonne. Néanmoins on les a nommés tantôt désinences, tantôt affixes, ou bien articles ; on a raisonné sur la nature de leur adhérence aux radicaux. La question n'en a guère avancé ; il reste quelques obscurités de plus à éclaircir.

Toute postposition de syllabe ou de lettre, constituant le signe de cas, doit-elle être considérée comme affixe ? — Le grec, le latin, le basque se trouvent ici sur la même ligne, et il n'y a pas à tirer sous ce rapport de conclusion applicable à l'une de ces langues à l'exclusion des autres

Si par affixe il faut entendre une particule adjonctive modifiant le sens spécifique du mot auquel elle s'attache, les terminaisons déclinatives du basque n'ont pas ce caractère ; elles n'influent pas sur le sens des mots, mais seulement sur ses relations.

Au sens de la grammaire moderne, l'existence de l'article exclut celle de la déclinaison. Le grec possède la déclinaison et l'article, mais distincts l'un de l'autre. Quand on parle de l'article, on croit voir un mot ayant son individualité. Rien de semblable dans le basque.

« Notre langue, disait Quintilien, n'a pas besoin d'article. » C'est sans doute sous l'impression de cette parole que M. Egger émet cette pensée : « L'article est un mot utile et commode plutôt que nécessaire. » *(Gram. comp., ch. IX)*. Il ne semble pas néanmoins très-convaincu par l'assertion du célèbre rhéteur. car il fait observer que les meilleurs auteurs suppléent l'article par le pronom *hic, hœc, hoc*. Mais les exigences d'une diction élégante limitent cette ressource, et la liaison des idées est, la plupart du temps, la seule lumière qui vient éclairer l'esprit. De là des équivoques. Du Marsais *(Princip. de gram., page 80)* fait voir les contre-sens dans lesquels on peut tomber, et il serait aisé de multiplier les exemples qu'il cite. Quoiqu'il en soit, il reste acquis que les Latins se sont servis d'un pronom pour déterminer ce que leur déclinaison était impuissante à exprimer. Mais le moyen dont ils ont usé par exception, était familier aux Grecs. C'est d'un pronom qu'ils ont tiré l'article, tous les hellénistes s'accordent là-dessus ; ils ont ainsi comblé les lacunes de leurs déclinaisons déformées. On le voit, dans ces langues anciennes, la déclinaison est indéfinie comme dans le basque, et on peut en inférer qu'ici l'intervention du pronom est dans l'ordre de la nature. Mais si on compare les procédés par lesquels le grec et le latin arrivent à déterminer les relations des substantifs entre eux, tout l'avantage est du côté du basque, qui a conservé son paradigme régulier. Il a fallu au grec et au latin les siècles de Périclès et d'Auguste pour réparer par des soudures restées visibles les ravages des temps de barbarie. Les Basques ne nous offrent pas le spectacle de ces jours de splendeur. Pour eux, à cette période qu'on a surnommée l'*âge d'or*, ont succédé des luttes incessantes contre les peuples envahisseurs. Pressés de toutes parts, ils ont perdu les vastes plaines ; mais la patrie, la nationalité et la langue, refoulées jusqu'au sein de quelques montagnes, ont échappé à la destruction universelle. L'historien qui s'arrêtera à considérer cette longue suite de combats et de malheurs, le philosophe qui réfléchira sur l'influence de semblables événements, le linguiste qui constatera l'état de conservation d'une langue, imposant monument de la civilisation des sociétés primitives, ne pourront se défendre d'un sentiment d'admiration et ne traiteront pas le basque sans quelque respect.

Revenant à notre sujet, nous demanderons où se trouve la déclinaison, sinon dans le mode indéfini ? Dans le basque, les signes déclinatifs sont au nombre de huit ; pris isolément, ils n'ont aucune signification ; unis à un radical, ils forment les cas du mode indéfini. Ils n'ont pas le pouvoir d'altérer en rien ce radical, ils le laissent intact. La langue montre ainsi l'esprit dans lequel elle a été conçue ; ses composés s'expliquent à la manière des termes scientifiques dont le français enrichit journellement son dictionnaire. Ce n'est certes pas là une preuve de corruption ou de barbarie.

Cependant les mots terminés en *a* perdent cette voyelle dans la plupart des cas du mode indéfini et des cas pluriels ; ce n'est pas le signe déclinatif, mais la loi euphonique qui produit ce résultat. L'*a* final est remplacé par un *e* ; on doit y voir une contraction en *æ*, *aitætan* pour *aitaetan*. Cette transformation n'a rien de commun avec les altérations aussi fréquentes qu'irrégulières frappant les radicaux latins dans les déclinaisons dont la multiplicité atteste des phases de corruption. Voici l'opinion d'un juge compétent sur ce sujet : « En comparant ensemble les cinq déclinaisons latines, surtout si on tient compte de leurs formes anciennes ou populaires inusitées dans le latin classique, on s'aperçoit qu'elles ont ensemble beaucoup de ressemblance, et qu'elles paraissent dérivées d'une déclinaison commune. On peut arriver au même résultat par les diverses déclinaisons de la langue grecque. » (EGGER, *Gram. comp.*, *ch. VIII.*)

En remontant la pente descendue, c'est donc à l'unité que l'on arrive. Tandis que le grec et le latin, au milieu de leurs déclinaisons multipliées et des mots oblitérés qui échappent à toute règle, retiennent avec peine les traces fugitives de la déclinaison unique, le basque, leur survivant de vingt siècles, se trouve encore plus proche de la pureté primitive et de l'ordre naturel.

§ II.

DES LETTRES QUI PEUVENT TERMINER LES MOTS.

« La plupart des mots basques, dit Lécluse, paraissent terminés en *a* ou *ak ;* mais dans la réalité *a* et *ak* ne sont que des articles qui, suivant le génie de la langue, sont postposés au nom, au lieu de leur être préposés. » (*Gram. basq.*, *p. 80*).

Le préjugé dont parle Lécluse provient de ce que le Basque, questionné sur les noms des choses, répond invariablement par le passif singulier de la déclinaison. *Quel est cet arbre ? — Urkhi-a* (le bouleau), répondra-t-il, et non point *urkhi bat* (un bouleau). Il suffit de signaler la méprise de ceux qui, sans étudier la langue, s'arrêtent à la première apparence.

Pour les personnes qui veulent pénétrer plus avant, il est utile de connaître les lettres terminatives des mots basques ; elles sont au nombre de quatorze, les cinq voyelles *a e i o u,* et les neuf consonnes suivantes, *ch l n r s t x* (*ts*) *tz z,* auxquelles on peut joindre les voyelles consonnantes *au* et *y* dans *ay ey oy uy.* Le système phonétique repousse les autres consonnes ; elles n'agréent pas comme finales dans les mots.

§ III.

DES NOMS D'ÊTRES DOUÉS DE RAISON.

Les formules françaises dont on a parlé, pages 6 et 7, sont des dictions polies, des artifices de la civilisation ; on peut les remplacer par d'autres ou même les supprimer tout à fait. — Dans le basque, les formules à sens respectueux ne sont point des affectations de langage. Le nom d'un être raisonnable se décline exactement comme tout autre nom ; mais quand on arrive à certaines relations le génie de la langue ne permet pas que l'être *doué de raison* soit traité à l'égal des objets ou des animaux créés à son usage. Il est des conjonctures dans lesquelles on est libre de choisir, surtout au positif, parce que ce cas implique plutôt le repos que le mouvement. Ainsi. dans la phrase suivante : « Je n'ai pas de confiance dans les hommes, » on ne précise pas quels hommes, il n'y a pas de mouvement réel, la pensée ne sort pas du domaine de l'idéal ; dès lors on peut dire : *gizonetan ez dut sinhesterik* aussi bien que *gizonen baithan*. Au contraire, si, précisant davantage, on disait : « S'il y a de grandes qualités dans le père, elles ne sont pas moindres dans le fils, » le Basque se gardera du cas direct *aitan semean;* il dira : *aitaren baithan, semearen baithan.* Toutefois, comme on est au positif et qu'il y a absence de mouvement, l'emploi du cas direct serait de mauvais goût plutôt qu'un solécisme, quand il ne s'agit pas d'un nom propre.

Si la désinence casuelle passe à un qualificatif, l'ordre continue à subsister et le qualificatif exprime la formule respectueuse.

Par cette distinction, la personnalité humaine est placée au-dessus des êtres animés ou inanimés sur lesquels elle exerce son empire. Mais l'homme peut les anoblir et les élever jusqu'à sa propre dignité, non toutefois sans ménager la transition dans une figure. C'est ainsi qu'Axular, dans sa belle prosopopée imitée du *Livre des Proverbes*, renvoie le paresseux à l'école de la fourmi, *zoaz, nagia, chinhaurriaren gana.* — Un maître qui renverrait le bûcheron à ses fagots, le vacher à son bétail, ne pourrait s'exprimer comme a fait Axular : *habil egurretara, abereetara,* dirait-il. — Si l'on veut voir d'autres exemples de l'emploi raisonné des formules réservées à l'homme et appliquées aux bêtes ou même aux êtres inanimés, il suffira d'ouvrir le livre des *Fables,* de Goyhetche.

Darrigol ne s'était pas aperçu de ces distinctions essentielles. Sa définition de *noms de choses animées* et de *noms de choses inanimées* manque d'exactitude. Son erreur a été répétée, et l'étranger qui étudiera le basque doit tenir compte de cette observation importante pour lui.

Le guipuscoan et le biscayen emploient les formes *gan, gandik, gana, gaiti,* soit avec le génitif, soit avec le passif. Les grammairiens, croyant sans doute que le génitif n'était pas là à sa place, n'ont porté que le passif dans la déclinaison. Cependant Lardizabal fait connaître dans une note que *semearen gandik* est usité. Ils n'ont pas vu que cette forme est l'observation de la règle *liber Petri.*

Les Basques de France n'ont pas la même manière de rendre le positif. Ils emploient un substantif de lieu : *baitha, gizonen baithan* (chez les hommes), tandis que *gizonen gan* équivaut à ces mots : *dans la personne des hommes.* Suivant que l'on veut faire allusion au lieu ou à la personne, il faudrait se servir de *gan* ou de *baithan*, et ce n'est que par figure qu'on peut les remplacer l'un par l'autre. Les Basques français font distinction à l'ablatif et au directif.

On ne comprend pas pourquoi les grammairiens ont éliminé les cas directs du paradigme de la déclinaison. Il était sans doute nécessaire de faire connaître les formules à sens respectueux, puisqu'il n'est pas permis de dire *semetik heldu naiz*, mais qu'il faut *semearen ganik* (je viens de chez le fils). De même on ne saurait dire *semeren ganik prestuena*, il faut *semetarik* (le plus sage des fils). Il est clair qu'on a laissé une lacune en n'indiquant pas les formes naturelles et en s'attachant à des tournures de convention acceptées par exception à la règle.

§ IV.

DES NOMS COMMUNS DÉCLINÉS COMME NOMS PROPRES.

Une particularité commune au grec et au basque, c'est d'avoir quelques noms communs figurant comme noms propres. Un Basque s'exprimera ainsi : « Christ avait dit, *Kristok erran zuen ;* roi est venu, *errege ethorri da.* Il est facultatif de faire passer au défini le nom *roi* quand il n'est pas isolé ; on dit indifféremment : *zeruelako erregeri* (à roi des cieux), ou *zeruelako erregeari* (au roi des cieux) ; *gure erregeri* (à roi nôtre), ou *gure erregeari* (au roi nôtre) ; *Espainiako erregearen semeak* (les fils du roi d'Espagne) ou *Espainiako erregeren semeak* (les fils de roi d'Espagne). Si le nom propre du prince accompagne le nom générique de roi, celui-ci n'a plus que le caractère propre aux noms d'êtres doués de raison : *Luis erregeari* (au roi Louis).

Quelques autres substantifs sont déclinés comme noms propres : *aitabiritchi* (parrain), *amabiritchi* (marraine) ; les noms des aïeux à partir du grand-père; *aitaso, amaso, arbaso, okhilaso, okhilabiraso.* Mais si on parle des aïeux en général, on se sert du pluriel, *arbasoak.*

§ V.

PARTICULARITÉS RELATIVES AUX PRONOMS.

Voici quelques explications ajoutées à celle de la page 9.

Les pronoms personnels *ni, hi, zu, gu, ber,* font leur génitif en *e*, avec addition d'un *r* euphonique pour les quatre premiers : *nere, hire, zure, gure, bere*. On remarquera cette altération de *nere* pour *nire; nire* s'est conservé en Biscaye, concurremment avec *neure*. Les dialectes en *niz* disent *neure* et *ene*.

Tous les autres pronoms et substantifs font leur génitif du mode indéfini en *en* ou *ren*, suivant qu'ils se terminent par une consonne ou par une voyelle. Il n'y a pas jusqu'au pronom personnel pluriel *zuen* qui ne suive cette règle pour n'être pas confondu avec le singulier *zu ;* au lieu de *zuen*, la formation régulière serait *zuere* (de vous), il y aurait confusion avec *zu ere* (toi aussi). *Zu* est la forme polie (vous) de *hi* (toi).

Quant aux nombres, que certains pronoms marquent exclusivement le singulier, d'autres le pluriel, cela dépend de leur nature elle-même ; rien ne peut faire que *ni* (moi) ait un pluriel, ou que *gu* (nous) ait un singulier. Les grammaires des langues classiques les présentent comme les deux nombres d'un même mot. Cet accouplement est forcé. Il serait d'autant plus insolite dans le basque, qu'ils se déclinent l'un sur l'autre et non point avec des signes de singulier et de pluriel.

Bakhotcha (chacun), *haina*, pronom démonstratif de comparaison, ne servent qu'au mode défini, le premier au singulier, le second aux deux nombres. Il semblerait que *haina* est une contraction de *harena*, comme peuvent le faire penser les composés *hunembertze, horrembertze, harembertze* et par syncope *haimbertze*.

Les démonstratifs des trois degrés *hula, hola, hala*, qu'on traduit en français par *ainsi, de cette manière*, l'interrogatif *nola* (de quelle manière) et *nihola* (d'aucune manière) ne trouvent d'emploi qu'à cinq cas indéfinis.

L'interrogatif *nor* (qui) et l'indéfini *nihor* (personne), *zembait* (quelque), *zerbait* (quelque en parlant des choses), *norbait* (quelqu'un), n'ont que le mode indéfini sans partitif. *Noizbait* (époque indéterminée), *noiz* (quand), *nihoiz* (jamais), ont dans le basque un caractère pronominal de temps et ne s'emploient qu'à trois et quatre cas.

Edozein et *zein-nahi* (quelque, quelconque), *zernahi* (quelque chose que ce soit), ne se déclinent qu'à l'indéfini.

Guzi (tout), *bertze* (autre), *zer* (quoi), *zein* (quel), *zembat* (quel nombre), les démonstratifs des trois degrés *hunembat, horrembat, harembat*, par syncope *hambat* (tant), se déclinent aux deux modes.

D'interrogatif qu'il est à l'indéfini, *zein* devient *qui* relatif au défini. — — *Zer* cesse également d'être interrogatif au défini. Il représente alors la personne ou la chose dont le nom échappe à la mémoire. De même qu'un Fran-

çais à qui on demande un nom qui ne lui vient pas à l'esprit répond « *chose* »,
de même le Basque dira *zera, zerari errau diot* (j'ai dit à Monsieur *chose*).

Zembait est le seul interrogatif et admiratif qui parcourt les deux modes
sans perdre sa propriété ; *zembat dire* (combien sont-ils) ? *Zembata da egun*
(quelle date aujourd'hui ?) *Zembatei ez diote galdatu* (à combien de personnes
n'a-t-il pas demandé) ?

Les pronoms *neroni, zeroni, heroni, geroni* (moi-même, vous-même, toi-
même, nous-même,) sont sujets à de légères variantes dans les divers dialectes. Au lieu du pronom de la troisième personne *beroni* (lui-même), les Basques de France prennent le pronom *ber* (même) au défini, *bera* (le même). Au
reste, les Basques d'Espagne ont conservé beaucoup mieux la plupart des pronoms — Ainsi de *bat* (un), on fait *batzu* (les uns, quelques-uns) ; en France,
on ne va pas plus loin dans cette voie, mais les Biscayens continuent ; de *nor*,
ils font *nortzuk ;* de *zeiñ, zeiñtzuk ;* de *zer, zertzuk ;* de *nor bait, norbaitzuk.*

§ VI.

PROPRIÉTÉS DU PRONOM DÉMONSTRATIF.

Larramendi, et à sa suite Lardizabal et Yturriaga, présentent le pronom
démonstratif du troisième degré comme pronom personnel de la troisième
personne. Le pronom personnel de la troisième personne est virtuellement
contenu dans le verbe ; mais quand on veut l'exprimer, le basque, à l'instar
du grec et du latin, recourt au pronom démonstratif qu'il emploie dans l'un
ou l'autre de ses trois degrés. Pour cela, le démonstratif ne perd pas sa
qualité, et on se ferait une fausse idée de celui du 3ᵉ degré en le prenant
pour un pronom personnel d'après les grammairiens cités. *Bera* (le même,
lui-même), malgré sa qualification de pronom réfléchi, est rangé par la déclinaison basque dans la classe des personnels, dont il lui arrive de remplir
l'office concurremment avec le démonstratif.

Les pronoms démonstratifs basques deviennent au génitif de vrais pronoms
possessifs de la troisième personne : *hunen, horren, haren.* Ces génitifs sont
en même temps les passifs indéfinis des possessifs absolus *hunena, horrena,
harena* (le *sien* dans le sens de *ejus ; berea, berarena* répondent à *suus.*)

Le pronom démonstratif de troisième degré s'allie au substantif et lui fournit ses articulations ; les deux autres degrés s'unissent aux pronoms personnels *ni, hi, zu, gu, ber* et forment les composés *nerau, neror ; herau, heror ;
zerau, zeror ; berau, beror ; gerau, geror,* signifiant moi-même, toi-même, lui-
même, nous-mêmes, et subissant quelques variantes, telles que *nihau, hihau,*
etc. ; en biscayen, *eurok* pour *berok.* Cet *ok* pluriel est, comme on voit, un

pronom démonstratif du deuxième degré, dont le biscayen surtout fait usage en place de celui du troisième degré, pour ajouter une certaine force au discours.

§ VII.

VARIATIONS DU PRONOM DÉMONSTRATIF.

L'examen des trois degrés du pronom démonstratif *hau, hori, hura,* et la comparaison faite entre les variantes usitées dans les divers dialectes, permettent d'assurer qu'anciennement le passif de chacun d'eux était différent. On peut présumer que le premier degré, *hau,* a été *hu* ou *ho,* car l'altération ne portant que sur le passif, la forme primitive doit être prise dans les cas subséquents, qui sont *hunek* ou *onek* (suivant le dialecte), *hunen* ou *onen, huni* ou *oni,* etc. Ce qui fait pencher en faveur de *hu* plutôt que de *ho,* c'est que le deuxième degré contient un *o.* Le *n* qu'on remarque dans *hunek* et les six cas suivants est euphonique ; il ne subsiste pas au pluriel. Les additions de ce genre sont communes quand il s'agit d'éviter la confusion ; ici on n'a pas pris un *r,* lettre qui sert ordinairement à cet usage ; les deux autres degrés l'ont, et il eût été trop facile de confondre *huri* et *hori;* c'est donc le *n* qui a été adopté. L'éloignement est encore plus sensible dans *hemen* (ici), dérivé de ce pronom.

Au deuxième degré, *ho* était, suivant les apparences, la forme ancienne ; on en a fait *hori.* Le *r* euphonique a pénétré jusqu'au passif, et il a fallu ajouter un *i* pour distinguer le pronom de son dérivé *hor* (là).

On a déjà vu que le biscayen a gardé le troisième degré dans son ancienne forme. De ce qui précède on peut conclure que le pronom démonstratif était, en principe, *hu ho ha,* et que les lettres euphoniques introduites dans leur déclinaison ont produit peu à peu des variétés faciles à ramener aux types antiques.

Les voyages du prince L.-L. Bonaparte ont fait connaître que le dialecte biscayen s'étend sur une portion du Guipuscoa. C'est pourquoi il n'y a pas à s'étonner de ce que Larramendi ait préféré *a ak* à *hura hark* Il faut croire qu'il trouvait cette leçon meilleure, d'autant que l'identité de ce pronom avec le déclinatif des noms ne lui avait pas échappé, comme il le marque dans sa grammaire, page 7. (1)

(1) Le prince L.-L. Bonaparte spécifie le fait en ces termes : « Que l'*a* que l'on ajoute à l'indéfini ne soit autre que l'adjectif démonstratif, c'est ce qui est amplement prouvé par le dialecte biscayen, qui dit, par exemple, *gizon a* pour *cet homme-là,* tandis que les autres dialectes ne diront jamais autrement que *gizon ura* ou *hura.* (*Langue Basque et Langues Finoises,* p. 13. — 1862.) M. H. de Charencey mentionne l'action du pronom démonstratif dans la déclinaison, mais en attribuant au pronom du premier degré ce qui appartient à celui du troisième *La langue Basque et les idiomes de l'Oural,* p. 71. — 1866).

Le pur gnipuscoan s'est éloigné du biscayen en adoptant *ura ark*. Les autres dialectes l'ont imité; ils disent *hura, hark* ou *harek*, ou *harrek*.

Les variantes sont plus nombreuses au pluriel. Le souletin ayant reçu *hura*, est d'abord resté conséquent dans son écart; au passif pluriel, il fait *hurak* ; mais ensuite il mélange les formes anciennes *haek*, *haen*, *haetan*, etc., avec les formes syncopées *hœk*, *kœn*, en ajoutant aux premières un *y* euphonique *hayen, hayetarik*. Le Labourdin occidental a ajouté un *k* aux formes syncopées ; au lieu de *heyek*, *heyen*, il dit *hekiek*, *hekien*.

La syncope dans le pronom du troisième degré doit dater d'une haute antiquité, puisqu'elle a pénétré dans la déclinaison où elle est très-généralement observée. C'est à cette cause qu'il faut attribuer la conservation du paradigme unique de la déclinaison. Le guipuscoan et le biscayen ont bien introduit un léger changement au datif pluriel *gizonai* et confondu l'actif du même nombre avec le passif, en opposition de ce qu'ils observent dans la déclinaison du pronom. Les autres dialectes ne les suivent pas et la déclinaison reste sauve.

Le guipuscoan et le biscayen diffèrent encore par le médiatif qu'ils font, dans certains cas, en *tzaz* ou *zaz*, au lieu de *taz*, et par l'ablatif pluriel en *tatik* pour *tarik*. Mais ces modifications n'ont aucune portée.

§ VIII.

DIFFÉRENCES ENTRE LA DÉCLINAISON DU PRONOM DÉMONSTRATIF ET CELLE DU SUBSTANTIF.

Quoiqu'ayant un singulier et un pluriel, la déclinaison du pronom démonstratif est de forme indéfinie. L'addition d'un *t* est le signe de l'indéfini aux médiatif, positif, ablatif et directif. La déclinaison du substantif a déjà reçu cette lettre au mode indéfini ; c'est pourquoi le singulier défini la repousse et n'admet que la finale du pronom : *ogi az*, *ogi-an*, *ogi-tik* (*tik* pour *rik* afin de ne pas confondre avec le directif.)

Quelles seraient les finales correspondantes du singulier défini dans le pronom ? — *Haz, han, hatik, hara*. Le démonstratif ainsi modifié sert, sauf dans *haz* qui reste sans emploi, de démonstratif de lieu, *han* (là), *handik* (de là), *hara* (vers là, vers cet endroit). L'addition du *n* dans *handik* provient de ce que *han*, bien qu'étant un positif, est considéré comme passif ; c'est ainsi que le guipuscoan, qui possède un analogue dans *gan*, *gizonen gan* (dans, ou parmi les hommes), dit à l'ablatif *gizonen gandik*.

On vient d'observer que quatre cas n'acceptent du pronom que la déclinative pure. On peut concevoir un doute sur la question de savoir si c'est là un changement apporté par le temps. Toutefois la chose paraît difficile ; l'entente est trop générale entre tous les dialectes pour qu'elle soit fortuite, et il ne faut pas croire que les changements *organiques* s'introduisent aisément dans le basque. Nous avons la preuve certaine, que depuis la découverte de l'imprimerie, la langue est restée absolument stationnaire. Les travaux du prince L.-L. Bonaparte ont mis en lumière un autre fait : les dialectes et sous-dialectes de France ont leurs congénères en Espagne ; on reconnaît par ce moyen que l'invasion des Basques dans les Gaules a suivi une ligne diagonale vers la mer, et c'est aux portes de Bayonne que s'arrêtent les dernières traces du langage des peuples qui habitent les frontières d'Aragon. Certains termes se sont localisés de côté et d'autre ; il s'est formé des idiotismes ici et là, les euphonies ont varié et la cause en est visible ; un peuple de cultivateurs n'est pas un peuple nomade : les événements et les divisions politiques du territoire ont restreint les communications entre les divers cantons. Mais qu'un Basque passe quelques mois dans le canton dont le dialecte est le plus éloigné du sien, une fois qu'il a eu connaissance des termes et idiotismes locaux, il comprendra et parlera parfaitement le langage du pays. La différence entre nos dialectes est moins forte que celles qui séparent les dialectes particuliers de plusieurs départements français. Au reste, l'anglais, l'allemand et toutes les langues offrent ce même spectacle. Si une chose a droit de surprendre, c'est que la langue basque n'ait pas succombé pendant la durée des âges.

§ IX.

DU PASSIF INDÉFINI.

C'est à tort que le passif indéfini a été appelé nominatif. Comme on l'a dit, il est racine ou radical, dépourvu de signe casuel et ne prenant le nom de cas que parce qu'il lui faut une place dans la déclinaison, où il a d'ailleurs des correspondants singulier et pluriel munis de signes. S'il répond, quoique bien rarement, au nominatif ou sujet, c'est en compagnie d'un nom de nombre, de quelques pronoms ou de quelque qualificatif ; mais il est ou sujet ou régime. Dans des cas rares il est seul : *buda diru* (il y a de l'argent), *badu diru* (il a de l'argent). Encore là il est sujet et régime tour à tour. La dénomination de nominatif ne convient pas à la grammaire basque. (*Voir § XI.*)

§ X.

DU PASSIF DES MOTS TERMINÉS EN A.

Il semblerait qu'autrefois, dans les mots ayant un *a* pour finale, le passif singulier se distinguait de celui de l'indéfini par une répétition de voyelle :

aita (père), *aitaa* (le père). Le biscayen garde encore quelque chose de cette méthode. Larramendi avait mis en précepte l'émission des accents, qui ont l'avantage de former des distinctions. Il est fâcheux que l'usage ne s'en soit pas généralisé.

Après tout, on peut distinguer l'*a* final indéfini de celui qui est articulé, parce que l'indéfini, comme il est expliqué au § IX, marche rarement seul et qu'alors même sa nature se trahit par la liaison du discours.

§ XI.

DU PASSIF PLURIEL ET DE L'ACTIF SINGULIER.

Le passif pluriel et l'actif singulier ne diffèrent que par l'accent tonique ; l'actif le prend sur la dernière voyelle, le passif sur la pénultième ; *gizonák jo du* (l'homme l'a frappé) ; *gizónak jo dituzte* (ils ont frappé les hommes). Mais il n'est pas besoin que cet accent soit marqué, ou qu'on le fasse sentir, pour reconnaître le cas ; la nature active ou passive du verbe le décèle. *Mendiak urrun dire* (les montagnes sont loin) ; — *mendiak iragan ditugu* (nous avons traversé les montagnes) ; — *mendiak gora du bizkarra* (la montagne a le sommet élevé). — Dans le premier exemple, *dire* (sont), verbe passif à la troisième personne du pluriel, indique un sujet pluriel passif ; donc ici *mendiak* est pluriel passif et non actif singulier. — Dans le second exemple, *ditugu* (nous avons), verbe actif à la première personne du pluriel, marque un *patient* ou régime pluriel. — Dans le troisième, *gora du* (élevé a), verbe actif de la troisième personne du singulier, accompagné de deux substantifs, veut un sujet singulier actif ; *mendiak* est le seul des deux noms qui porte ce caractère. Que le sujet soit singulier et le régime pluriel ou *vice-versá*, ou tous les deux pluriels, le verbe démêle les relations. Ce n'est que par une phrase de fantaisie et isolée, dans laquelle celui qui parle ou qui écrit ne tiendra pas compte de l'accent tonique, qu'on peut causer de l'embarras à distinguer. *Emaztekiak jo ditu gizonak ;* tout Basque traduira, malgré l'invraisemblance de la chose : *la femme a frappé les hommes*. La liberté de l'inversion permettant de déplacer le sujet et le régime, on pourra répondre que cela signifie aussi bien *l'homme a frappé les femmes*. Mais, répétons que la fantaisie n'est pas la pratique, une phrase isolée n'est pas le discours ; l'accent oblige, et en réalité, il n'y a pas de méprise possible.

6

§ XII.

ACTIF, GÉNITIF ET DATIF INDÉFINIS.

Ces trois cas, dans les noms communs, sont généralement précédés d'un nom de nombre multiple ou de certains pronoms, tels que *zer, zein, zembait, hambat*, etc.; *horrembertze arnok ez du onik egiten* (tant de vin ne fait pas de bien) ; — *zembait mendiren gainean* (sur le haut de quelque montagne) ; — *zein gizoni erran diozu* (à quel homme avez-vous dit).

On trouve encore *nihor* (personne), *hainitz* (beaucoup), *deus* (rien) régissant ces cas dans *guti* : *nihor gutiri* (à peu de personnes) ; — *deus gutik egin du* (peu s'en est fallu) ; — *hainitz gutiren ondoan zabiltza* (vous êtes à la poursuite de bien peu de chose).

Le nom de nombre *bi* (deux) peut recevoir une attribution adjective et se postposer à ces trois cas, en sorte qu'il prend l'articulation et renvoie le substantif au passif indéfini. Cette interversion est rare en Labourd et beaucoup plus en usage en Guipuscoa et en Biscaye : *gizon bi, biren, biri*. Il n'est pas hors de propos d'ajouter que *bat* (un) se postpose toujours, et il a l'attribution adjective comme le latin *unus*. Par cette raison, on ne le rencontre jamais avec les trois cas dont il s'agit.

En Guipuscoa et en Biscaye pourtant, le génitif indéfini peut être accompagné de *bat*, auquel un idiotisme local donne la signification de *quelque*. — *Ardi bat* (une brebis), *ardiren bat* (quelque brebis) ; *gizon bat* (un homme), *gizonen bat* (quelque homme). — Ici, Larramendi (*Gram.*, *p. 286*) et Lardizabal *(p. 63)* méconnaissent le mode indéfini. Ils citent *argiren bat, arriren bat, mutillen bat, jaunen bat.* etc., et partant de là, ils disent que le génitif est singulier quand le mot se termine par une voyelle, et pluriel si la finale est une consonne. En grammaire, ce principe serait étrange. Ces auteurs ne se doutant pas de l'existence de deux modes n'ont pas songé que le génitif (défini) de *argi, arri*, est *argiaren, arriaren*, et que l'addition d'un *e* euphonique dans les mots finissant en consonne rend le génitif indéfini semblable au génitif pluriel.

Au reste, la règle syntaxique du génitif régi par le nom de nombre *bat* n'est pas étrangère aux Basques de France. On la reconnaît dans les mots suivants : *hunembat, horrembat, hambat* (contraction de *harembat*), et on trouve des analogues dans *hunembertze, horrembertze, haimbertze* (contraction de *harembertze*), *hunela, horrela, hala* (contraction de *harela*).

Ces mots sont composés des génitifs *hunen, horren, haren,* accompagnés des suffixes *bat, bertze, la.* On sait que le *n* se change en *m* devant *b* et disparaît devant *l* dans les composés.

Les pronoms *zembat, zembait,* sont aussi des synopes de *zeinen bat, zeinen bait.*

ACTIF PLURIEL.

On a vu, au § VIII, que l'actif singulier et le passif pluriel se ressemblent, et de quelle manière on les distingue. Le guipuscoan et le biscayen perdent de cet avantage ; ils n'ont pas conservé l'actif pluriel en *ek,* de sorte que leurs actif singulier, passif et actif pluriels ne sont qu'un. La liaison du discours atténue beaucoup l'inconvénient dans le discours, et quant à l'écriture, Larramendi et Lardizabal ne négligent pas l'accent tonique. A l'actif singulier, ils disent *gizonák* et au passif pluriel *gizónak,* comme dans cette phrase : *Gizonák gizónok ikhusten ditu* (l'homme voit les hommes). Pour ce qui est de la distinction du passif pluriel d'avec l'actif du même nombre, ils en laissent le soin au verbe.

§ XIII.

DU GÉNITIF.

Lécluse avait dit que les noms de personnes font leur génitif en *aren : gizona, gizonaren* (l'homme, de l'homme), et ceux des lieux en *ko, Erroma, Erromako* (*Gram., p. 41*). « Cette manière d'envisager les cas, dit M. A. d'Abbadie, n'est pas exacte, et l'on dira aussi bien *etcheko athea* (la porte de la maison), comme *etchearen hegatza* (le toit de la maison) ; *etcheko semea* (le fils de la maison), *etcheko nausia* (le maître dans la maison), *etchearen nausia* (le maître de la maison). On voit que la désinence *ko* signifie *appartenance de position,* tandis que le cas *aren* exprime *appartenance inhérente.*» (*Proleg., p. 12*).

La démonstration est parfaite. A cette occasion, notons que *etcheko* n'est pas un génitif, mais bien le passif indéfini de *etchekoa* dont le génitif est *etchekoaren.* L'affixe *ko* a une multitude d'applications diverses qu'on ne peut spécifier ici. Les désinences des vrais génitifs, *aren* dans les noms, *e* dans les pronoms personnels, deviennent des pronoms possessifs ; *hi* (toi), *hire* (tien), *hirea* (le tien) ; *ber* (lui-même), *bere* (sien), *berea* (le sien). Dans les substantifs, le génitif équivaut au pronom possessif. *Aitaren,* génitif de *aita* (père) est en même temps le passif indéfini du pronom possessif absolu *aitarena* (la chose du père). Tant qu'il reste au passif indéfini (bien qu'il puisse passer à d'autres cas du même mode, comme dans *aitarenik ez du,* il n'a pas de la chose du père), il est régi par le substantif et considéré comme génitif. Il comporte une différence avec le pronom possessif ordinaire. Dans *gure aita* (notre père), *gure* peut être considéré comme pronom possessif ou comme génitif du pronom personnel *gu* (nous) ; *gure aita* (père de nous). *Gure* est donc génitif du pronom personnel aussi bien que passif indéfini du possessif *gurea.* Les Basques d'Espagne disent, par inversion, *aita gurea* (père le nôtre); dans ce cas, *aita* devient passif indéfini et l'articulation déclinative passe au pronom, qui prend l'attribution de l'adjectif.

Larramendi, Lardizabal et Yturriaga donnent *aitarena* pour un génitif. Un génitif ne saurait être ni sujet ni régime direct du verbe actif, non plus que sujet d'un verbe passif, et *aitarena* est une de ces trois choses quand il est exprimé dans une phrase.

§ XIV.

DU PARTITIF.

Oihenart donne à ce cas le nom de négatif, parce qu'il est assez souvent accompagné de négation. Larramendi observe qu'il s'emploie avec et sans la négation et avec l'interrogation. Lécluse en tire la conclusion que ce cas doit être considéré comme un *partitif.* C'est le nom adopté. Mais les paroles de ces grammairiens sont loin de laisser une juste idée de l'usage étendu du partitif ; on rencontre ce cas dans un grand nombre de situations diverses. Aux exemples déjà cités, on peut en ajouter d'autres : *dirurik balu* (s'il avait de l'argent) ; *bizia galdu beharrik ere* (dût-on y perdre la vie); *goseturik ethorri da* (il est venu ayant eu faim) : *chutik lo* (dormant debout) ; *lau egunik barnean* (dans le délai de quatre jours); *gorarik mintzatu zen* (il parla haut); *bizirik ehortzia* (enterré vivant); *batik batean* (tout bien considéré) ; *noizik behin* (de loin en loin), etc. — Dans les deux voies du verbe, toutes les personnes de toutes relations marquées par les nombreuses transformations de l'indicatif et de l'imparfait, sont sujettes à ce cas. L'interfixe *la* précédé d'un *a* euphonique quand la finale est en *t,* et d'un *e* après un *z,* s'attache à une de ces personnes quelconques et reçoit la désinence casuelle ; si la finale est un *n,* on la supprime ; *duzu, duzu-la-rik ; zare, zare-la-rik ; dut, dut-a-la-rik ; naiz, naiz-e-la-rik ; nion, nio-la-rik ; zen, ze-la-rik.*

Ce cas, d'un intérêt si considérable et si bien constaté, n'est entré jusqu'à présent dans aucun paradigme de déclinaison; il dérangeait les systèmes, mais cela prouvait que ces systèmes étaient en défaut, puisqu'ils ne s'accommodaient pas d'une aussi importante réalité.

§ XV.

DU MÉDIATIF.

Ce cas, qui se rencontre fréquemment dans le discours, a été l'occasion de plusieurs erreurs ou confusions. Les idées qu'il exprime se rendent le plus souvent, soit en français, soit en castillan, par la préposition *de* ; et c'est probablement pour ce motif que Larramendi, suivi par Lardizabal, en fait un génitif. Mais ce qui est encore plus singulier, c'est que ces auteurs excluent les génitifs des pronoms personnels. *nere, zure, gure*, etc., et admettent uniquement *nizaz, zuzaz*, etc. (Lar., *Gram.*, *p. 20.*— Lardi. *Gram.*, *p. 6*). Evidemment la raison qui les a portés à cette suppression est que *nere, zure*, etc., deviennent les souches ou radicaux des pronoms possessifs *nerea, zurea*, etc. Mais il n'en est pas autrement de tous les autres noms ; de *aitaren* on fait *aitarena*. On peut ajouter que ces pronoms faisant leur génitif autrement que tous les autres, cette différence a dû contribuer à la méprise. — Yturriaga, comprenant la cause de l'élimination, a poussé plus loin la conséquence ; au lieu de rétablir les génitifs des pronoms personnels, il a retranché ceux de tous les pronoms et relégué le médiatif au rang de cinquième ablatif. Il sentait que ce cas ne pouvait pas être un génitif, et quant à la ressource dont il a usé, elle lui était indiquée par Larramendi et Lardizabal. Ces grammairiens méconnaissant, comme on a déjà vu, le mode indéfini, ont fait un génitif du médiatif singulier et un ablatif du médiatif indéfini. Après être si bien sortis de la voie, il n'est pas étonnant qu'ils reprennent ce médiatif singulier pour en faire un autre ablatif et ils citent pour exemple : *ezpataz ill, makillaz jo,* tandis que *ogiz asea, auxez betea* seraient des génitifs. Pour ajouter à la confusion, Larramendi trouve un autre génitif dans *Jainkoarenzaz, buruarenzaz,* qui auraient, d'après lui, la même signification que *Jainkoaz, buruaz,* et Lardizabal attribue cette manière de dire au Labourd, où elle n'est pas comprise.

Par un solécisme très-commun en Guipuscoa et en Biscaye, et qui a même pénétré du côté de France, au lieu de se servir du médiatif dans ces phrases : *harriaz jo, haizcoraz moztu,* on dira *harriarekin, haizkorarekin,* ce qui signifie *en compagnie* du caillou, de la hache. En français, on peut dire *couper avec la hache, frapper de la hache ;* le castillan fait un grand usage de la préposition *con.* C'est probablement l'influence de ces deux langues qui nous fait dévier de la règle.

§ XVI.

DU POSITIF.

La déclinaison labourdine, si régulière dans ses formations et rendant compte des moindres changements que lui impose l'euphonisme, admet, cependant, au positif, une exception à la règle pour un seul mot ; au lieu de *ihizilan da* (il est en chasse), elle permet de dire *ihizin da*, absolument comme si ce mot était un nom propre de lieu, par exemple, *Iguzkimendin* (sur l'*Iguzkimendi*). Il semblerait qu'il faut chercher la cause de cette exception en ce qu'il n'y a qu'un seul mot, *ihizia*, pour dire *chasse* et *gibier*. Dès lors *ihizilan* sonnerait mal, parce qu'il voudrait dire aussi bien *parmi le gibier* qu'*en chasse*. On se sert assez souvent du mode défini *ihizian* qui ne présente pas le même équivoque, attendu qu'on ne peut supposer qu'un homme se trouve *dans* une pièce de gibier. Le souletin commet une autre irrégularité en changeant sans motif la forme du positif ; il dira arbitrairement *etchen* et *etchean*, *barnen* et *barnean*, *gainen* et *gainean*. Le biscayen commet des fautes du même genre.

§ XVII.

DE L'ABLATIF.

Le latin donne, au moyen de ses prépositions, une telle extension à l'usage de l'ablatif, qu'un nom plus précis et mieux approprié aux relations exprimées par le cas basque serait certainement désirable. La fâcheuse méthode de calquer la déclinaison basque sur la latine a porté Larramendi à marquer quatre ablatifs différents ; Lardizabal en trouve cinq et Yturriaga jusqu'à sept ; et par une aberration étrange, ces grammairiens ne citent pas le seul et véritable ablatif dans les paradigmes qu'ils proposent. Darrigol, plus judicieux, donne cet ablatif et le donne unique. Il est regrettable qu'il ne l'ait pas maintenu dans la déclinaison des êtres doués de raison, concurremment avec la formule de respect

§ XVIII.

DU DIRECTIF.

Le *directif* est le cas que Darrigol nomme *approximatif*. Malgré tout l'éloignement qu'on peut avoir contre les innovations, il ne faut pas repousser par esprit de système celles qui sont fondées en raison. Ici, on s'en est permis une ; c'est la seule qui ne soit pas autorisée par des précédents.

Le nom, un peu long et rude, créé par Darrrigol, est trop vague et manque de précision. D'abord, il ne faudrait pas l'entendre comme en mathématiques ; en second lieu, il ne répond pas exactement à l'idée qu'il fait naître même dans le sens que lui attribue Darrigol. — Le cas dont il s'agit est régi par les verbaux *goatea* (aller), *ethortzea* (venir) et par d'autres encore qui impliquent des idées de mouvements en sens opposés les uns des autres : *etcherat ethortzea, mendira goatea* (venir à la maison, - aller à la montagne); *lurrerat arthikitzea,* — *eskurat hartzea* (jeter à terre, — prendre à la main); *landarat ekhartzea,* — *oihanerat erematea* (apporter au champ, — emporter au bois) ; *zerurat altchatzea,* — *urerat erortzea* (monter au ciel, — tomber à l'eau). Si on ne considère que l'objet du discours, l'idée de rapprochement est juste ; mais la personne qui parle ne peut exprimer le mouvement inverse par le nom d'*approximatif; celui de directif* est plus rationnel, il entre mieux dans la situation.

Au directif, le *t* final est euphonique ; on doit l'employer quand le mot suivant commence par une voyelle ou par un *h*. Malgré la règle, en certains endroits, on fait presque toujours sentir le *t ;* dans d'autres, on néglige cette ressource contre l'hyatus ; mais l'écrivain devrait maintenir le principe de la règle euphonique.

Le directif démonstratif de lieu ne peut s'en accommoder ; le *t* final sert à le distinguer du démonstratif de personne et de chose. *Hunat, horrat, harat,* signifient *vers ce lieu-ci, vers ce lieu-là, vers ce lieu là-bas,* et ne se confondent pas avec *huna, horra, hara* (voici, voilà, voilà là-bas). — Les paroles de commandement : *en avant! en arrière !* se prononcent par syncope *aintzinat! gibelat !* ce sont les directifs *aintzinera, gibelerea* (vers le devant, vers le derrière).

Dans la partie du Labourd riveraine de la Nive et sur les confins de la Basse-Navarre, on substitue un *l* au *r* euphonique dans les mots terminés en *a ;* on y dira *landala* et non *landara ;* cette transmutation n'est pas régulièrement faite dans tous les mots de la même catégorie.

Le souletin fait au directif une altération plus déplaisante encore aux oreilles des autres Basques ; *herri, oihan, labe,* etc., se changent en *herrialat, oihanialat, labialat,* au lieu de *herrira, oihanera, labera.*

§ XIX.

CONSIDÉRATIONS GÉNÉRALES.

Leibnitz conjecturait et le docteur Young a essayé de prouver par des rapprochements *lexiques,* que la langue basque est venue d'Egypte et appartient à la même souche que le cophte. Jules Klaproth emploie le même procédé qu'Young pour confronter le basque avec les idiomes sémitiques, et il croit avoir démontré leur affinité commune. Le cardinal Wiseman trouve des analogies curieuses entre le basque et les dialectes américains, comme de manquer précisément des mêmes lettres, la tendance à combiner les mêmes consonnes et une complication semblable dans le système de conjugaison.

Les indices lexiques sont souvent incertains, et leur valeur se trouve singulièrement atténuée quand la comparaison grammaticale ne vient pas la corroborer. Abstraction faite des croyances religieuses, et toutes choses considérées sous le point de vue philosophique, le langage humain a dû être soumis, dans le principe, à une loi universelle et constante, applicable en tous temps, en tous lieux et chez tous les peuples. De là, un fonds commun appartenant à toutes les langues et à chacune en particulier. La science a confirmé cette donnée de la raison par des preuves sans nombre. Il n'est donc pas étonnant que dans le basque on trouve certaines analogies avec les autres langues, surtout avec les plus anciennes.

Sous le rapport phonique, le basque est loin d'être une langue indigente. Sans parcourir le domaine de tous ses dialectes, ni parler des sons intermédiaires, le labourdin compte à lui seul cinq voyelles, deux voyelles consonnantes, cinq lettres aspirées, vingt consonnes simples et dix-huit composées. De ces dernières, à la vérité, plusieurs ne lui semblent pas naturelles. On a pu remarquer dans l'explication de la déclinaison, que la langue a une tendance très-marquée, non à réunir, mais à séparer les natures similaires, soit de voyelles, soit de consonnes, et l'analyse des mots ne permet aucun doute à cet égard.

Quant au verbe, la philologie semble en mieux connaître la machine que l'essence. Le verbe basque n'est pas un mot qu'on peut saisir et classer comme tout autre. Il apparaît dans l'agrégation des pronoms personnels avec certaines désinences et lettres caractéristiques ; c'est comme un esprit revêtant un corps dans lequel il répand la vie. Le basque offrira dans sa grammaire une merveilleuse conjugaison ; on ne trouvera pas de verbe dans son dictionnaire. Le verbe basque est l'antithèse de ce qu'on nomme *verbe substantif*, base d'un système en faveur aujourd'hui, et, croyons-nous, destiné à tomber, dès qu'en remontant aux origines des langues synthétiques, et décomposant leurs verbes, on aura réussi à en isoler les éléments. Alors, ce qui est éclatant comme le jour dans le basque se dévoilera tout à coup dans les autres langues ; l'esprit du verbe, dégagé de son enveloppe, cessera d'être perceptible et aura disparu en laissant derrière lui des éléments inertes d'où la vie s'est retirée. Le verbe substantif est une fiction ; le verbe est esprit.

L'étude du basque ne sera pas inutile au progrès de la science. A la connais-sance de la conjugaison et de la déclinaison, il serait essentiel d'en joindre une autre, celle de la constitution interne des mots. Dès l'abord, le système se divise en deux branches, celle de la formation des racines et celle de la forma-tion des composés ; leurs procédés sont différents. Dans les racines, l'eupho-nisme dirige l'agencement des voyelles et des consonnes ; dans les composés, l'adjonction d'une ou plusieurs désinences au radical s'opère d'après les rè-gles d'une loi de dérivation, non toutefois sans l'intervention de l'euphonisme dans l'accord des parties (1).

Pour considérer le basque sous son vrai jour, comme pour étudier toutes les anciennes langues, il faut se transporter aux temps voisins du berceau de l'humanité et se tenir en garde contre les préjugés qui percent encore dans les œuvres de plusieurs philologues.

L'homme est aussi impuissant à créer une langue qu'à créer la moindre molécule. Il associe et trie, il combine et décompose ; de rien il ne saurait faire quelque chose. Cette vérité est aussi constante dans l'ordre moral que dans l'ordre physique ; l'homme travaille sur un fond qu'il a reçu. Nulle part cette vérité n'est apparue plus forte et plus palpable que dans l'histoire du langage. Pendant la durée des siècles, les révolutions et la barbarie éteignent bien des lumières et contribuent à épaissir les ombres sur l'intelligence humaine. C'est en vain qu'aux périodes d'obscurité succèdent des jours radieux ; en vain des écrivains illustres s'efforcent de perfectionner le langage, ils ne peuvent le relever jusqu'au niveau perdu. Et nous contempteurs du passé, glorieux de notre siècle, nous sommes, sous le poids d'une vérité qui s'impose, forcés d'avouer que le langage moderne, soit comme système, comme génie ou comme grandeur, est très-inférieur à celui des peuples dont les rois couchaient sur des peaux de bêtes. Malgré tous nos avantages, le génie des Romains nous effraie ; ils n'avaient pas cependant percé le mont Cenis et nous sommes en train de le faire, mais nous ne pouvons égaler leur langue. Et pourtant cette langue n'était que le spectre ou image peu fidèle d'un idiome plus parfait. Le spiritualisme est le prisme au travers duquel percent les rayons brisés de l'ins-piration divine. La raison elle-même doit rendre hommage à cette vérité qui

(1) Les désinences basques sont nombreuses. Les définir et en déterminer l'emploi est un travail qui exige du temps et surtout de la réflexion. L'auteur de cette *Etude* les a colligés pour la plupart ; il espère qu'il pourra publier un jour le résultat de ses investigations.

7

vient donner la main à la vérité philosophique. La vérité philosophique s'affirme et s'impose avant toute démonstration, avant que la logique la constate, parce que nous devons croire aux lois de l'harmonie et que nous concevons l'ordre comme condition essentielle de l'être.

La grammaire, qui représente sous des formes sensibles le génie et les règles d'une langue, nous montrera les divers aspects du basque et son organisme interne. Mais pour comprendre la nature de sa parole, mesurer la distance qui sépare cette langue des autres idiomes et saisir ses affinités, il faut entrer dans le domaine plus étendu de la métaphysique. La grammaire s'arrête aux formes ; par contre, la métaphysique ne se sert du sensible que pour expliquer l'idée, dont seule elle parcourt la sphère.

En métaphysique, le mot n'est pas multiple ; il est un comme l'idée est une. L'idée se modifie ; de même, le mot se transforme, mais il n'y a pas plus d'espèces de mots qu'il n'y a d'espèces d'idées. — L'unité synthétique doit servir de point de départ à l'analyse grammaticale. Le basque a gardé cette unité caractéristique ; il se heurte aux langues en renom qui étalent une classification savante d'espèces de mots. Mais cela n'est-il pas artificiel ? Les linguistes n'ont-ils pas reconnu que l'article, l'adverbe, la préposition, la conjonction, sont des mots défigurés ? Le basque est bien empêché de faire de semblables distinctions ; il ne reconnaît pas cette classification et l'observation prouve qu'elle lui est impropre ; c'est une vérité proclamée depuis longtemps. (*Voir* Darrigol, *Dissert.*, *p. 22.* — d'Abbadie, *Prolég.*, *p. 4.* — Chaho, *Gram. p. 8*).

Le nom est l'unique espèce de mot.

L'importance de la langue basque dans l'antiquité se mesure nécessairement à celle des peuples qui la parlaient. On a mis à contribution l'histoire et les monuments d'architecture et de numismatique ; de cette réunion de preuves, il résulte que la péninsule Ibérique, les îles de la Méditerranée occidentale, une partie considérable des Gaules et de l'Italie ont eu le basque pour leur première langue, et il n'est pas hors de vraisemblance qu'elle leur était commune avec d'autres pays. L'illustre G. de Humboldt a fourni un ordre de preuves puisées dans le sein de la langue elle-même et dans l'ethnographie ancienne. Son œuvre est connue dans le monde savant (1), et après une telle

(1) Cet ouvrage, jusqu'à ce jour inaccessible à ceux qui ignorent l'allemand, vient d'être traduit en français par M. A. Marrast, procureur impérial à Oloron.

autorité il serait sans doute superflu de chercher à démontrer que le basque fut la langue d'un grand peuple. Le développement de son système grammatical exclut, d'ailleurs, au point de vue scientifique, toute opinion contraire.

Quel nombre de siècles s'est-il écoulé depuis que le basque est parlé dans l'extrême Occident? Nul ne saurait le dire. Les premières lueurs de l'histoire nous font entrevoir dans un lointain vaporeux des masses de barbares se précipitant du Nord sur le Midi. Les Basques se réfugient en partie et se conservent dans les lieux les plus abruptes de l'Espagne. Les Romains viennent à leur tour soumettre les populations mêlées par la première conquête. De nouveau, le Nord envoie ses hordes, et le colosse romain est abattu. Partout où les vainqueurs ont imposé leur joug, les nationalités ont péri. A une extrémité du monde connu, le montagnard basque, animé par un amour exalté de l'indépendance et favorisé par les obstacles physiques, ne cesse de résister aux attaques sans cesse renouvelées. C'est ainsi que se sont perpétuées les générations basques et qu'elles ont gardé une langue qui date des temps antéhistoriques.

Le caractère particulier à cet idiome est la régularité des formations dans les mots, la déclinaison et la conjugaison ; et cela, au milieu d'une abondance luxuriante de transmutations. Cette régularité frappe surtout à côté de l'anarchie qui dépare les langues les plus célèbres. L'explication des altérations du grec et du latin est un travail épineux où l'on trouve bien des conjectures hasardées. La comparaison de ces langues avec celles de l'Inde a produit quelques solutions heureuses. Le basque, au contraire, se laisse pénétrer et expliquer par lui-même. « Le langage le plus riche, dit Jolivald, serait celui où chaque idée serait rendue par un terme différent ; où chaque nuance d'idée serait exprimée par des modifications particulières, telles que les différences de terminaisons, les désinences, etc. » (*Encycl. Cath.*, mot *Gramm.*) Cette théorie est le système d'après lequel est construite la langue basque. Là, chaque racine trace autour d'elle et donne naissance à des mots nouveaux propres à exprimer les diverses sortes d'effusions de l'idée présente dans la racine.

Le basque est le tenant des langues primitives, un reste vivant de la vieille antiquité. Les linguistes ne semblaient pas l'avoir assez compris ; les progrès de la science les ramènent sur un problème qu'ils avaient négligé.

FIN.

ERRATA.

PAGE 5, ligne 18, au lieu de : *des pronoms qui ;* lisez : *de presque tous les pronoms qui.*

PAGE 7, ligne 34, au lieu de : *ne font pas cette distinction ;* lisez : *ne font pas toujours cette distinction.*

PAGE 49, Note, au lieu de : *colligés,* lisez : *colligés*

TABLE.

—

PREMIÈRE PARTIE. — DÉCLINAISON.

— 54 —

DEUXIÈME PARTIE. — OBSERVATIONS et REMARQUES.

FIN DE LA TABLE.

Bayonne, impr. de veuve Lamaignère.

DISSERTATION

SUR

LES CHANTS HÉROÏQUES DES BASQUES

Auch, impr. et lith. F. Foix.

DISSERTATION

SUR

LES CHANTS HÉROÏQUES DES BASQUES

PAR

M. JEAN-FRANÇOIS BLADÉ

PARIS

LIBRAIRIE A. FRANCK

67, RUE RICHELIEU

—

1866

DISSERTATION

SUR

LES CHANTS HÉROÏQUES DES BASQUES.

I

Depuis dix ans que je m'occupe de l'histoire de la Gascogne, j'ai dû m'inquiéter souvent et longuement de la langue basque, car c'est à elle qu'il faut demander la solution des problèmes les plus obscurs et les plus anciens de notre histoire provinciale. L'examen de l'idiome m'a conduit à celui de la littérature, et j'ai particulièrement insisté sur deux poèmes, prétendus héroïques, le *Chant des Cantabres* et le *Chant d'Altabisçar,* qui sont le sujet de ce mémoire.

Ce qui frappe chez les Basques, c'est l'absence totale de grandes et anciennes traditions poétiques. Et pourtant, ces hommes sont les héritiers d'une noble race, et ils ont accompli de grandes choses. Retranchés derrière leurs montagnes, ils ont fait tête aux légions de Rome, refoulé les Arabes, écrasé l'arrière-garde de l'armée de Charlemagne. A l'époque féodale, ils ont suscité les ducs de Gascogne et les rudes et belliqueuses dynasties du nord de l'Espagne. Dès le xvie siècle, leurs marins ont les premiers sillonné des mers inconnues, pêché la morue et harponné la baleine jusque sous les glaces du pôle.

Tout cela s'est passé sans marquer dans la poésie, sans laisser de trace dans une langue antique et originale. Pas de lointaine épopée, pas de chant de guerre, pas de récit où quelque navigateur inconnu raconte son aventureuse Odyssée. A peine quelques proverbes empruntés à l'Espagne moresque, et où vous chercheriez vainement la sobriété et la gravité gnomiques des littératures orientales. Par ses formes éminemment compréhensives, par sa facilité d'inversions, l'idiome basque semblerait pourtant se prêter plus que tout autre aux exigences du rhythme. Mais « les Basques sont un peuple de chanteurs plutôt que des poètes. Malgré la facilité avec laquelle leur langue se prête à la composition des vers, ils n'ont jamais produit un poète de quelque réputation ; leurs voix sont remarquablement douces, et ils sont renommés dans la composition musicale. — Ils ont à eux beaucoup de musique, dont une partie passe pour excessivement ancienne; des échantillons en ont été publiés à Donostian (Saint-Sébastien), en l'année 1826, par un certain Juan Ignacio Iztueta. Ces airs, au son desquels on croit que les anciens Basques avaient l'habitude de descendre de leurs montagnes pour combattre les Romains et plus tard les Maures, consistent en marches d'une harmonie sauvage et pénétrante. Mais quelles paroles! On ne saurait rien imaginer de plus stupide, de plus commun, de plus dénué d'intérêt. Loin d'être guerrières, elles se rapportent aux incidents de la vie journalière et paraissent complètement étrangères à la musique (1). »

Le sentiment de J. Borrow sera pleinement partagé par tous ceux qui prendront connaissance des *Poésies populaires* publiées par M. Francisque-Michel dans son livre sur *le Pays Basque*. De vulgaires complaintes d'amour, des histoires de pêcheurs, d'émigrants, de matelots, de maquignons et de contrebandiers, des myriologues analogues aux *voceri* de la Corse, des couplets de noce, des improvisations de *coblacari* sur de plats incidents de la vie réelle, voilà tout ce qu'on y trouve (2). Même avant l'apparition de ce recueil fait pour dissiper tous les doutes, les plus chauds partisans de l'authenticité ou de l'antiquité des poésies guerrières dont je vais parler avaient été forcés de

---

(1) J. BORROW, *The Bible in Spain*, ch. 37. Je copie la traduction donnée par M. FRANCISQUE-MICHEL dans son livre sur *Le Pays Basque*. Paris, 1857.
(2) Je ne parle, bien entendu, qu'au point de vue poétique. Sous le rapport historique, philologique et littéraire, cette collection est aussi complète que le public était en droit de l'attendre de M. Francisque-Michel.

convenir que, parmi les chants modernes des Basques, il n'en est pas qui méritent d'être cités (1).

Parmi les pièces plus anciennes ou réputées telles, les deux compositions qui tranchent le plus vivement sont le *Chant des Cantabres* et le *Chant d'Altabisçar* (2). Rejetées ou suspectés par quelques historiens et philologues, qui ont négligé d'en faire une critique formelle, elles constituent, avec quelques fragments relatifs à l'époque féodale, la partie la plus ancienne du Romancero euskarien (3). Tant s'en faut cependant que ces deux prétendus vestiges des temps antiques aient excité la réprobation universelle, surtout en Allemagne, où beaucoup de savants se sont empressés de les accepter comme la vérification des théories de Wolf et de Lachmann sur la formation de l'épopée.

Le *Chant des Cantabres* et le *Chant d'Altabisçar* ont été révélés au public par des hommes placés dans la science à des degrés fort inégaux. Le premier a été publié par M. W. de Humboldt, frère de l'illustre conseiller du roi de Prusse, et devenu lui-même célèbre par ses travaux linguistiques. Un de ses meilleurs ouvrages est certainement son étude sur les origines euskariennes, dont les conclusions et la portée se trouvent néanmoins fort réduites par les progrès de la science. Que M. W. de Humboldt ait publié cette pièce de bonne foi, cela ne peut faire

(1) FAURIEL, *Hist. de la Gaule mérid.*, t. II, aux notes. Cet auteur ne s'est prononcé qu'en faveur du *Chant des Cantabres*. Bien que son livre n'ait paru qu'en 1836, et quoi qu'ait pu dire l'inspecteur d'Académie Pierquin de Gembloux (*Bibliographie Basque*), qui n'a pas même pris la peine de lire, Fauriel ne parle pas du *Chant d'Altabisçar* publié pourtant en 1835.

(2) Il existe un recueil des anciens monuments de langue basque publié par le docteur C.-A.-F. MAHN, *Denkmæler der Baskischen Sprache*, 1 vol. in-8°, Berlin, 1856. Outre les deux chants en question, M. Mahn reproduit le fragment de la bataille de Beotibar, les publications d'Axular, d'Oïhénart, de Garibay, etc., etc. Il est facile de voir, d'après la préface, que l'éditeur de ce recueil n'a guère étudié le basque, et qu'il s'approprie sans examen les idées de M. A. Schleicher sur le mécanisme et l'origine de cette langue : *Die Sprache Europas in systematischer Uebersicht*, p. 135-47. Bonn. 1850. Ce qui n'est pas moins évident, c'est l'impuissance où se trouve M. Mahn de présenter le tableau des variations de la langue basque, depuis la fixation des premiers monuments authentiques jusqu'à nos jours. Les philologues allemands ont fait souvent à la France de magnifiques présents; mais M. Mahn n'est pas de ceux qu'il faut remercier, et tout son mérite consiste à avoir rassemblé des textes épars.

(3) *Prüfung der untersuchengen über die urbewohner Hispaniens vermittest der Waskischen sprache.* Berlin, 1821.

l'ombre d'un doute. Ce qui me paraît malheureusement aussi certain, c'est la précipitation tout exceptionnelle de ce grand critique à accepter, sinon comme *antique*, du moins comme *ancien*, un poème dont la fabrication ne peut être antérieure au xvie siècle.

Le *Chant d'Altabisçar* a été imprimé pour la première fois par M. Garay de Monglave, d'après un prétendu manuscrit appartenant au comte Garat, dont l'autorité, souvent contestable en littérature, devient tout à fait médiocre dès qu'il s'agit d'érudition et de philologie. Dans ce dernier domaine, M. de Monglave est encore demeuré beaucoup au-dessous de son compatriote des Basses-Pyrénées. Pour échapper à toute accusation de partialité, je renonce à traduire à son égard mes impressions personnelles, et je copie la notice du *Dictionnaire des Contemporains*, de Vapereau.

« MONGLAVE (François-Eugène GARAY, dit DE), littérateur français, né à Bayonne le 5 mars 1796, se rendit au Brésil après les événements de 1814, prit du service dans l'armée de Don Pedro, et passa en 1819 en Portugal, où il se mêla au mouvement constitutionnel. Rentré en France, il se jeta dans la petite presse, fonda, en 1823, *le Diable boîteux*, journal qu'il fit revivre en 1832 et en 1857, et fit, par ses articles et ses livres, une guerre continuelle à la Restauration. Il expia plus d'une fois son opposition par la prison et de fortes amendes, et fut obligé de se cacher sous divers pseudonimes.

» Outre ses brochures et ses traductions du portugais, nous citerons de lui les romans : *Mon Parrain Nicolas* (1823); *les Parchemins et la Livrée* (1825), avec M. Marie Aycard; *Octavie ou la Maîtresse d'un Prince* (1825); *le Bourreau* (1830); les biographies ou plutôt les pamphlets des *Dames de la Cour*, des *Pairs de France*, des *Quarante* (1826), et quelques travaux historiques, tels que *le Siége de Cadix* en 1810 (1823 in-8°); *Résumé de l'histoire du Mexique* (1825); *Conspirations des Jésuites en France* (1825 in-8°), etc. En 1835, il fonda l'Institut historique, société dont la création fut autorisée l'année suivante, et en fut élu le secrétaire perpétuel. Depuis 1830, il a principalement écrit des brochures administratives et des notices. »

Le lecteur appréciera, par cette notice, et par la préparation critique et linguistique dont elle témoigne, l'autorité du révélateur et du traducteur du *Chant d'Altabisçar*. Je puis maintenant aborder la discussion des *Chants héroïques des Basques*; mais je ne dois descendre dans l'examen détaillé de chacun d'eux qu'après avoir donné les raisons générales qui s'élèvent contre ces documents apocryphes.

II

« Le basque, dit M. J.-J. Ampère, a partagé avec le celtique le privilége de faire dire à son sujet d'innombrables extravagances. » —M. Pierquin de Gembloux, qui a transcrit cette phrase en tête de sa *Bibliographie Basque*, s'est activement occupé d'enrichir, pour son propre compte, la mine, déjà si opulente, de ces absurdités. Les opinions de ce novateur se trouvent principalement consignées dans son *Histoire littéraire des patois*, livre que l'on dirait souvent écrit dans les idiomes dont il traite. L'auteur y redresse d'importance les hérésies de M. Joseph Bouzeran, *professeur d'unité linguistique* dans le département du Cher; il invoque, à l'appui de ses théories, l'autorité de l'illustre Pellerin, et se trouve même en sympathie philologique avec M. Granier de Cassagnac. C'est aussi là qu'on peut voir que le Basque s'est formé, au xiᵉ siècle, des débris de langues diverses, à peu près comme il est arrivé plus tard, en Orient, pour le Franc et pour le *Sabir*. Après tout, cette assertion n'est guère plus extravagante que beaucoup d'autres; mais je m'étonne que parmi les écrivains sérieux qui ont étudié les origines de la langue euskarienne, aucun ne se soit préoccupé d'établir historiquement son existence à des époques reculées. Je ne crois pas qu'on puisse tirer un argument bien sérieux d'un passage de Strabon sur la difficulté d'écrire les noms de Pleutaures, Bardyètes et Allotriges, peuplades voisines des Cantabres et des Vascons (1). Il en est de même d'une phrase de la légende de

---

(1) Ὀκνῶ δὲ τοῖς ὀνόμασι πλεονίζειν, φεύγων τὸ ἀηδὲς τῆς γραφῆς, εἰ μή τινι πρὸς ἡδονῆς ἐστιν ἀκούειν Πλευταύρους καὶ Βαρδυήτας καὶ Ἀλλότριγας καὶ ἄλλα χείρω, καὶ ἀσημότερα τούτων ὀνόματα. STRAB. *Geog.*, lib. III, cap. 4.

saint Amand, apôtre des Basques, à l'époque de Dagobert, où il
est dit : « que, tandis que le saint prêchait la parole divine et an-
nonçait l'Evangile du salut, un des chefs, homme leste, agile et
plein d'orgueil, se leva en marmottant des propos qui prêtaient à
rire et que l'on appelle vulgairement *mimilogues* (1). » Evidemment, ceci n'est pas concluant, mais il n'en est pas de même d'un
passage de la vie de saint Léon, évêque et martyr à Bayonne, au
IXᵉ siècle. Léon et ses compagnons, y est-il dit, « ne purent entrer
dans la ville (de Bayonne), car les portes étaient fermées de tous
côtés, à cause des embuscades des Basques qui harcelaient la cité
nuit et jour. Le bienheureux Léon monta sur une colline située
non loin de la porte qui regarde vers le midi, et y construisit une
cabane... Voilà que pendant la nuit les brigands basques, ayant
rencontré les frères du saint, leur demandèrent qui ils étaient, et
d'où ils venaient ; mais ceux-ci ne les comprirent point. Cela n'est
pas étonnant, car l'idiome de ce peuple ne ressemble à aucune
autre langue, mais au contraire s'en éloigne complètement (2). »
Cela est clair et significatif. Si la légende n'est pas contemporaine de saint Léon, elle n'est pas postérieure au XIIIᵉ siècle, ainsi
qu'il serait facile de le prouver par le ton général du récit et
quelques termes spéciaux de latinité barbare. D'ailleurs un passage
de la *Leyenda Pendadola*, de Herman Llanes (1073), inséré dans

(1) Dum autem eis verbum prædicaret divinum atque Evangelium annuntiaret
salutis, unus e ministris assurgens, levis ac lubricus, necnon et superbus, atque
etiam apta cachinnans risui verba, quem vulgus mimilogum (*id est jocularem*) vo-
cat, servum Christi detrahere cœpit, etc. BOLLAND. VI. Febr. *In fest. S. Amandi,
Episc. Trajectensis.*
(2) Attentus ergo cum suis cohæredibus ingredi civitatem minime potuit, quia
fores ex omni parte erant clausæ propter insidias Vasculorum molestantium nocte et
die civitatem. Ascendit ergo B. Leo in quodam monticulo non longè à portà quæ
respicit ad plagam meridionalem; et ibi erexit cellulam..... Quos (fratres Leonis)
nocturno tempore Vasculi prædatores reperientes, et qui et undè essent interrogantes,
sancti eos non intellexerunt. Nec mirum, cum illorum idioma nulli lingagio sit con-
sonum, imo penitus alienum. BOLLAND. I Mart. *In fest. S. Leonis mart. archiep
Rotomag apostol. Baion.* — On sait que saint Léon était né à Carentan, en Nor-
mandie. La leçon que je viens de citer ne se trouve pas dans le *Bréviaire de Cou-
tances.* — Un récent et remarquable historien de la ville de Bayonne, M. Jules
Balasque, voudrait reporter l'apostolat de saint Léon à l'époque même de la diffusion du christianisme dans la Novempopulanie. Je reviendrai ailleurs sur cette opinion, que je ne partage pas, et qui, du reste, n'infirmerait en rien ce que j'avance
sur la date approximative de la rédaction de la légende.

les *Grandezas de Avila*, rédigées en 1315 par Luitz de Ariz, fait mention du mauvais langage qu'on parlait à cette époque « dans les pays biscayens. » Llanes suppose que ce langage était celui des premiers habitants de l'Espagne. Il demeura donc historiquement établi que le basque se parlait dès le XIᵉ siècle, et que cette langue différait totalement de celle des autres peuples.

Mais cet idiome était-il à cette époque celui d'aujourd'hui? Est-il demeuré toujours identique à lui-même, comme syntaxe et comme lexique, à ce point que, sauf quelques archaïsmes et détails de mœurs et d'histoire, un homme des pays basques puisse comprendre aujourd'hui le *Chant des Cantabres* et le *Chant d'Altabis-çar*, dont le premier aurait deux mille et le second mille ans de date? Ce serait là certainement un phénomène inouï, et si contraire à toutes les lois philologiques que l'obligation de le prouver retomberait tout entière à la charge de ceux qui affirment son existence. Que l'on tente, comme M. W. de Humboldt, de déterminer le domaine primitif ou les migrations des Basques au moyen des noms de lieux qui ont une signification positive dans la langue de ce peuple, je ne l'admets qu'avec force précautions et tempéraments. Mais ni l'abus ni son correctif ne sont loin. En 1862, lorsque M. d'Abbadie, d'Urrugne, à qui l'on doit plusieurs travaux estimables sur les origines et la littérature euskariennes, a voulu expliquer le nom de certaines divinités anciennes des Pyrénées au moyen du dictionnaire français-basque de l'abbé Hirribarrens, un savant aussi prudent qu'autorisé a réclamé devant l'Académie des Inscriptions et Belles-Lettres de Toulouse (1). Or, celui qui réclamait n'est autre que M. Barry, l'un des épigraphistes les plus consciencieux et les plus distingués du Midi, et dont les recherches spéciales ont précisément porté sur les divinités topiques étudiées par M. d'Abbadie. Tout en rendant à ce dernier la justice qui lui est due, M. Barry ne croit pas à la légitimité de

_____

(1) *Revue de Toulouse*, nº du 1ᵉʳ mars 1862. Procès-verbaux des séances de l'Académie des Inscriptions. Séance du 13 février.

ces inductions, dont il peut mieux que personne apprécier la valeur
et la portée.

En effet, à l'exception des deux chants suspects, d'un fragment
relatif à la bataille de Béotibar (1321) et de quelques autres qui
ne remontent qu'au xv⁰ siècle, il n'existe pas dans les *Poésies
populaires des Basques* de monuments un peu anciens. Je discu-
terai tout à l'heure ces divers fragments, mais je constate dès à
présent que la langue euskarienne n'a jamais eu d'existence officielle dans le pays même où on la parle. Sans doute, le clergé
a été dans la nécessité d'en faire usage pour ses exhortations et
ses prônes, mais les administrateurs et les légistes n'ont jamais
suivi cet exemple, au moins dans les documents écrits. Les fueros
de la Biscaye (1) et de la Navarre (2), ainsi que ceux de Sobrarbe,
sont en espagnol. Les coutumes générales du pays de Labourt (3)
et celles de Bayonne sont en français (4). Celles de la Basse-
Navarre (5) et de la Soule (6) sont en gascon, de même que les
fors de Béarn (7) et les priviléges de la vallée d'Aspe (8). Les
minutes du greffe de la cour de Lixarre, dans la vicomté de
Soule, ne sont pas, que je sache, rédigées en langue basque (9).
Les plus anciens et les plus authentiques monuments de cet
idiome en Espagne sont au nombre de cinq, sans compter le
fragment sur la bataille de Béotibar, sur lequel je me réserve de
revenir. Ce sont d'abord les vers de *Domenjon de Andia,* em-

(1) *El fuero, privilegios, franquezas, y libertades de los cavalleros hijos dalgo
del Senorio de Viscaya.* Bilbao, 1643.
(2) *Leyes y fueros de Navarra.* Madrid, 1848.
(3) *Coutumes de Labourt,* insérées dans un recueil de coutumes du parlement de
Bordeaux, publié au commencement du xvii⁰ siècle.
(4) *Coutume générale de la ville et cité de Bayonne et juridiction d'icelle.*
(5) *Los fors et costumas deu royaume de Navarra deça ports.*
(6) *Les Coutumes générales du pays et vicomté de Sole,* publiées et accordées
devant monsieur maître Jean Dibarola..., le septième jour d'octobre, mil cinq cent
et vingt. Bordeaux, 1603.
(7) *Fors de Béarn.* Edit. Mazure et Hatoulet. Pau, Vignancour.
(8) *Lous priviledges, franquesses et libertats dounats et autreiats aux vesins,
manans et habitants de la montaigne et val d'Aspe.* Pau. 1694.
(9) Les dispositions édictées dans les *Règlements et déterminations des Etats de
Navarre* corroborent, au lieu de l'infirmer, tout ce que je viens de dire sur le défaut
de reconnaissance de l'idiome basque en tant que langue officielle. — « Les greffiers
doivent tenir un ou deux notaires enquesteurs basques qui sachent la langue. » —
« Les informations, enquestes et toutes autres procédures seront faites par des officiers du pays entendant la langue basque. » *Archives des Basses-Pyrén. Reg.* 17.

pruntés par M. Francisque-Michel au *Diccionnario geografico-histórico de Espana* (1).

Vient ensuite une devise tirée d'un tableau héraldique de Leyzaur, à Andoain, et représentant un hibou (2).

Ajoutez-y les trois morceaux suivants recueillis par le docteur Don Lopez Martinez de Isasti, dans son *Compendio historico*, et accompagnés par lui d'une explication relative à l'époque où ils ont été composés, mais qui ne remplace que fort imparfaitement la traduction que personne n'a osé entreprendre (3).

Ces cinq fragments appartiennent incontestablement au xve siècle. La traduction des deux premiers n'offre rien de bien satisfaisant pour l'esprit, et celle des trois derniers est impossible. Cela tient à la transformation que la langue basque a subie

(1)   DOMENJON DE ANDIA.

Sagarra eder, guezatea	La belle pomme, la douceur,
Guerrian ere espatea.	Au côté aussi l'épée.
Domenjon de Andia,	Domenjon d'Andia
Guipuzcoaco erreguia.	Du Guipuzcoa le roi.

(2)   DEVISE DE LEYZAUR.

Jauna, guc zuri,	Seigneur, nous à vous,
Ez zuc guri	Non vous à nous.
Leizarturrac ontzari.	La frênaie au hibou.

(3)

Gomez andia canarren
Anzan presebal bere
Bai Joanicori bere
Maldalenaan ei danza
Viola, trompeta bagué.

———

Ala Zalagarda, Zalagarda mala,
Zalagarda gaisto, Onaztarra ondaco.
Ardao zuri, ardao Madrigalgoa,
Ardao zuria Mendoza gana doa
Alabana sanda ili gogoa.
Zalagarda zanda ilira doa.

———

Sanda iliac atrac ditu zizarrez
Nola zizarrez da ala zeudaler
Hermandadea arcandoa negarrez
Anso Garcia é gasteluori emunez
Ec invinda estiquicha esan ez.
     Lascavarroen y esataco lastorra
Lascavaro costatuan onela
Gavaz ere urtunica obela
Argui izarroc ditugula candela
Ostatuan guera dira igu emenda.

constamment surtout aux époques modernes, à une décomposition graduelle dont il est facile de suivre les diverses phases
dans les livres imprimés en France, depuis le curé Bernard
Dechepare (1587), Oïhénart (1657), etc., jusqu'aux poètes et
prosateurs eskuariens de l'époque contemporaine. Avant Decha-
pare, Rabelais avait fixé pourtant quelques phrases dans le même
idiome, vers le milieu du xvıᵉ siècle, et ce qu'il a écrit alors et
qui devait être intelligible semble défier maintenant la science
de tous les philologues.

« Adoncques, dist Panurge : « Jona andie guaussa goussy
etanu beharda erremedio beharde versela ysser lauda. Aubat
es otoy y es nausu ey nessassust gourray proposian ordine den.
Nonyessena bayta facheria egabe gen herassy badia sedassu noura
assia. Aran hondavan gualde cydassu naydassuna. Estou oussye eg
vinan soury bien er dastura eguy harm. Genicoa, plosar yalu. »
— Estes-vous là, respondit Eudemon, Genicoa (1) ? »

Notez que ce passage incompréhensible ne se trouve pas dans
les éditions antérieures à celle de Dolet (1541), que Rabelais l'a
donc introduit après coup dans son Pantagruel, et qu'il est absolument impossible de nier qu'il ait été rédigé dans l'idiome eskuarien. Cela se prouve à suffisance par l'emploi de plusieurs mots
diversement orthographiés depuis, tels que *jona*, seigneur, *genicoa*, Dieu, etc. On n'y rencontre, à la vérité, ni pronoms personnels tels que *ni*, *hi*, *hura*, *gu*, *zuec*, *hec*, ni aucune des formes
du verbe être : *naez*, *haez*, *da*, *gare*, *zarete*, *due*, ce qui a fait que
plusieurs érudits ont suspecté la pureté de ce morceau. Pourquoi

---

(1) *Pantagruel*, liv. II, chap. IX. — Dans son *Examen critique du Manuel de
la langue basque* (de M. Lécluse), publié à Bayonne en 1826, M. Lor. URHERSI-
GARRIX propose la restauration suivante qu'il doit, dit-il, à *l'aimable complaisance
de M. D*** Labourtain et de M. E*** Souletain* : « Jaun handia, gauza gucietan da
erremedio; behar da, bercela icer lan da. Ambatez othoyez nauzu, eguin ezazu gur,
aya proposatia ordine den. Non izanen baita facheria gabe, ginaraci beda zadazu
neure asia. Arren horen hondoan, galde zadazu nahi duzuna; eztut hutcic eguinen
zuri nic, erten derauzut eguia arimaz, Jaincoac placer badu. » Ce qui veut dire :
« Mon grand Monsieur, à toute chose, il faut un remède; il en faut un, autrement
besoin est de suer. Je vous prie donc de me faire connaître, par signe, si ma proposition est dans l'ordre; et si elle vous paraît sans inconvénient, donnez-moi ma subsis-
tance. Puis après cela, demandez-moi tout ce que vous voudrez, je ne vous ferai faute
de rien; je vous dis la vérité du fond du cœur, s'il plaît à Dieu. »

cette supposition gratuite lorsqu'il résulte indubitablement de l'usage de certains mots que Panurge demande à Pantagruel un remède (*erremedio*) contre la pauvreté, et qu'il ne fait par là que renouveler une requête déjà exprimée en plusieurs autres langues? Est-il naturel de croire que Rabelais, qui avait tant de facilités pour se renseigner auprès des Basques, ait retouché son œuvre pour interpoler un passage incorrect ou vide de sens? Ne faut-il pas, au contraire, en tirer la conséquence qu'il s'est passé des deux côtés des Pyrénées, depuis deux ou trois cents ans, un phénomène identique, et que l'idiome eskuarien a subi depuis de telles modifications que les anciens monuments sont devenus à peu près inintelligibles? Sauf les fragments déjà cités et les poésies de Dechepare, cet idiome ne s'est fixé sérieusement, par l'écriture et l'imprimerie (1), qu'à l'époque de la Réforme, moyennant la version huguenote du Nouveau-Testament commandée à Jean de Leiçagarra par Jeanne d'Albret, et imprimée à la Rochelle en 1591. Or, je défie le philologue le plus exercé de nier que ce livre renferme bon nombre d'archaïsmes et d'obscurités dont il serait impossible de rendre compte, si l'on n'avait pour guide les originaux grecs et latins.

De tout ceci, je pourrais déjà conclure que la langue basque a subi, depuis les xve et xvie siècles, de notables transformations, et n'a point persisté dans cet état presque absolu d'immobilité, que les partisans de l'authenticité du *Chant des Cantabres* et du *Chant d'Altabisçar* se plaisent à supposer. Mais je dois faire auparavant justice d'une objection tirée du fragment relatif à la bataille de Béotibar.

Le fragment de la bataille de Béotibar est incontestablement relatif à une victoire gagnée par les Guipuzcoans sur les Biscaïens, le 19 septembre 1321. Publié pour la première fois par Estevan de Garibay, il a été inséré depuis dans de nombreux recueils, et

---

(1) Je ne tiens pas compte d'un calendrier basque (*Kalendera basco*) introuvable, imprimé, d'après Renouard, à La Rochelle (1571), et qui devait être un ouvrage de propagande protestante.

particulièrement dans le *Romancero Castellano* de Depping, publié à Leipzick en 1817 (1).

Plusieurs écrivains ont cru pouvoir rapporter ce fragment au XIVe siècle, par le seul motif qu'il fait allusion à un événement de cette époque. Ainsi qu'on le verra tout à l'heure, M. W. de Humboldt, et après lui M. Fauriel, partent de cette donnée, et des différences qu'ils relèvent entre ces six vers et le *Chant des Cantabres*, pour déterminer approximativement l'âge de ce dernier poëme, et établir son ancienneté. Le *Chant des Cantabres* contient, en effet, beaucoup d'archaïsmes, mais tant s'en faut qu'ils remontent à une date aussi éloignée qu'on pourrait le croire. L'opinion de MM. de Humboldt et Fauriel se trouve d'ailleurs en opposition avec le sentiment d'un grand nombre d'érudits espagnols. Ces derniers veulent que le fragment de la bataille de Beotibar ne soit que la traduction d'une *romance*. A quelle époque la romance originale aurait-elle été rimée? La chose est difficile à préciser, mais il n'est pas rare de voir dans les *Romanceros* beaucoup de poésies du même genre composées sur un thème unique. Parmi ces pièces, plusieurs sont certainement très-postérieures à l'événement qu'elles célèbrent. Exemple: les romances du roi Rodrigue, de la bataille de Roncevaux, etc., etc. L'original de cette chanson, dont les érudits espagnols affirment que les six vers basques ne sont qu'une traduction, se trouve, sans doute, dans le *Romancero general* d'Andres de Villata et de ses continuateurs, que je voudrais avoir sous la main, au lieu de l'abrégé de Don Eugenio de Ochoa. Mais, quand cette autorité nous ferait défaut, et quand la romance populaire aurait été composée en basque à l'époque même de la bataille de Beotibar, son langage n'aurait-il pas dû se modifier plus d'une fois, afin de pouvoir toujours être compris par les générations successives des chanteurs? Qui donc se soucie de conserver,

(1) Mila urte y garota   Depuis plus de mille ans
     Ura vede videan.   L'eau va son chemin.
     Guipuzcoarroc sartu dira   Les Guipuzcoans sont entrés
     Gasteluco etchean;   Dans la maison du château fort;
     Nafarrokin bartu dira   Avec les Navarrais ils se sont livrés.
     Beotibarre pelean, etc.   A Béotibar, bataille, etc.

par la tradition, des choses devenues inintelligibles? Comment se peut-il faire que le basque du xvᵉ siècle étant pour nous si obscur, celui du fragment de Béotibar soit si intelligible et si clair? Comment expliquer cela, si non par le rajeunissement du texte primitif, ou plutôt par cette récente version euskarienne d'un chant espagnol, admise comme un fait indubitable par plusieurs savants de la Péninsule?

L'objection tirée du fragment de Béotibar demeure donc écartée. La donnée historique et linguistique qui servit de base aux inductions de W. de Humboldt et de Fauriel est dépourvue de toute valeur et de tout fondement. Ils ont opéré sur une exception, et sur une exception purement apparente. La règle générale reprend ses droits. Plus peut-être que les autres langues, le basque a subi un mouvement graduel de décomposition, dont il est possible de suivre le cours dans les documents irrécusables, fixés par l'écriture ou l'imprimerie dès le milieu du xvᵉ siècle. Les plus anciens de ces documents, qui pourtant n'ont guère plus de trois cents ans d'existence, sont partiellement ou totalement inintelligibles. Devant cet argument capital, quel est l'homme de sens qui ne renonce à faire fonds sur le texte du fragment de Béotibar, tel que nous le possédons? Pour quelques termes vieillis, pour quelques archaïsmes qui trouveront plus bas leur explication, il n'est pas un esprit droit qui veuille admettre que l'on possède et que l'on puisse entendre encore un prétendu *Chant des Cantabres* qui remonterait au siècle d'Auguste. Il n'en est pas surtout qui puisse croire que le *Chant d'Altabisçar*, dont la langue ne diffère pas de celle que l'on parle aujourd'hui, soit contemporain de Charlemagne.

Notez, s'il vous plaît, que ces deux monuments poétiques auraient été fixés par l'écriture à une époque fort reculée. Le *Chant des Cantabres*, recueilli en 1590 par Ibanez de Ibarguen, ne serait que la copie tirée d'un original écrit sur un *très vieux parchemin*. Autant valait dire que ce manuscrit datait de l'époque d'Auguste. Je ne demande pas mieux que de le croire; mais je voudrais avoir la description de ce *très vieux parchemin*, et surtout savoir où on le conservait et ce qu'il est devenu. L'archiviste biscaïen, qui dit en avoir fait des extraits, et qui était commissionné par le gouvernement espagnol, aurait dû se montrer moins sobre de renseignements, et assurer la conservation d'un document historique dont il comprenait toute la valeur. Comment se fait-il que nul autre que lui ne l'ait mentionné ? Aucun des anciens historiographes n'en souffle un traître mot. Zapater, Zurita, Briz Martinez, Olhagaray, Marca, Oïhénart, le P. José de Moret, si spécial et si exact pour tout ce qui touche à la Navarre, s'accordent à demeurer muets. Il n'en existe aucune trace dans l'immense collection du P. Buriel, conservée à la bibliothèque de Madrid, ni aux archives de Pampelune, ni à celles de Barcelonne, ni dans le voyage imprimé d'Ambrosio de Moralès, qui fut chargé par Philippe II d'explorer les cartulaires et papiers des églises des Asturies, ni dans les titres des anciennes communautés religieuses mis à la disposition de l'Académie royale d'histoire, depuis la suppression des couvents. Tout cela est pour le moins aussi surprenant que regrettable, d'autant qu'il arrive exactement pareille chose pour l'original du *Chant d'Altabiscar*.

D'après M. de Monglave, ce dernier poème aurait été copié pour la première fois par le *fameux* La Tour d'Auvergne, premier grenadier de France, sur un manuscrit *à deux colonnes*, écrit vers la fin du XIIᵉ ou au commencement du XIIIᵉ siècle et communiqué, en 1794, par le prieur d'un couvent de Saint-Sébastien. Ce serait précisément cette même copie que M. de Monglave aurait vue chez Garat, membre de l'Institut, qui l'aurait reçue de La Tour d'Auvergne lui-même. Je renonce, pour le moment, à entrer dans de plus longs détails. Mais qu'est devenu ce manuscrit *à deux colonnes?* Qui l'a vu? Est-il encore à Saint-Sébastien ou ailleurs? Pourquoi le premier grenadier de France, qui se piquait de philologie, n'en a-t-il jamais parlé dans ses livres? Pourquoi Garat, qui a laissé une *Histoire des Basques* manuscrite, n'a-t-il pas officiellement signalé le duplicatum? Vous avez l'air de vous retrancher derrière l'autorité de La Tour d'Auvergne, qui me paraît fort innocent de tout ce qu'on lui impute. A défaut d'original, montrez-moi sa copie. Nous appellerons un maître de calligraphie, expert assermenté près les cours et tribunaux, élève de Brard et de Saint-Omer, émule de Favarger et de M. Joseph Prudhomme, et j'en passerai par ce qu'il dira.

Malheureusement, cette copie ne sera pas plus retrouvée que le texte primitif du *Chant des Cantabres*, et il y a de bonnes raisons pour cela. Les langues vulgaires de l'Europe, néo-latines ou autres, ont été rarement fixées par l'écriture avant le XIII° siècle. Toute exception à cette règle doit subir, avant d'être acceptée, un contrôle rigoureux et défiant. Tant que les idiomes de formation nouvelle n'ont pas encore pris leur premier essor littéraire, c'est à celui qui affirme d'établir la vérité, l'authenticité des faits singuliers qu'il signale. Pour les *Chants héroïques des Basques* surtout, pour ces monuments d'une langue qui n'a jamais eu d'existence officielle, il faut arriver les mains pleines de preuves, terrasser l'incrédulité par l'évidence. Vous n'avez pas une chronique, pas une légende, par un monument liturgique ou juridique à montrer, et vous voulez me faire croire à des rapsodies du temps d'Auguste et de Charlemagne ? Commencez donc par les mettre d'accord avec les règles les plus générales et les plus vulgaires du développement philologique. Exhibez les prétendus originaux. Lorsqu'il est incontestable que la fixation graphique de la langue basque ne remonte pas plus haut que la fin du XV° siècle, prouvez, contre l'unanimité des documents, que cette fixation a précédé celle des premiers monuments littéraires des troubadours et des trouvères.

J'en ai fini avec les raisons générales, et j'arrive à l'examen de détail. Ce qu'on a lu suffirait, à la rigueur, pour rendre ma thèse inattaquable, et je considère désormais la fausseté des chants héroïques des Basques comme démontrée : 1° par la facilité absolue ou relative qui permet de comprendre, au moyen de l'idiome actuel, des poèmes censé composés il y a mille et deux mille ans; 2° par l'absurdité de l'hypothèse, qui, même avant l'essor de la poésie méridionale, accepte comme déjà fixés par l'écriture ces deux prétendus monuments d'une langue sans littérature ni existence officielles.

III

CHANT DES CANTABRES. — On sait déjà que ce poème a été publié pour la première fois, en 1817, par M. W. de Humboldt, dans le supplément au *Mithridates* d'Adelung et Vater (1). Ce n'est que la reproduction d'un manuscrit de Juan Ibañez de Ibarguen, savant Espagnol chargé, dit-on, d'explorer, en 1590, les archives de Simancas et de la Biscaye. Ce manuscrit d'Ibañez n'aurait été lui-même qu'une copie d'un parchemin fort ancien, et qu'aucun autre paléographe n'a signalé. Inutile d'insister de nouveau sur l'étrangeté de cette assertion. Ce qu'il y a de certain, c'est que l'existence du manuscrit de 1570 est un point hors de doute, et qu'avant M. W. de Humboldt, ce document était déjà visé par d'Ituriza dans l'*Histoire générale de la Biscaye*, publiée en 1785, et dans une lettre de don Juan Antonio de Moguel à don José de Vargas Ponce, insérée dans le *Memorial histórico español* de 1802 (2). Par l'honorabilité de son caractère comme par l'évidence des faits, le savant prussien est au-dessus de tout soupçon, et tout au plus peut-on reprocher à sa critique, ordinairement si sûre, d'avoir faibli pour un instant. Nous verrons tout à l'heure s'il est possible de découvrir le mystificateur, mais je veux donner d'abord le texte même du *Chant des Cantabres*, en le faisant suivre de deux pages de Fauriel, où se trouvent résumées fort exactement les idées de M. W. de Humboldt.

1

Lelo ! il Lelo;	(O) Lelo ! Lelo (est) mort;
Lelo ! il Lelo;	(O) Lelo! mort (est) Lelo;
Leloa! Zarac	(O) Lelo! Zara
Il Leloa !	A tué Lelo.

---

(1) WILLELM VON HUMBOLDT, *Berichtigungen und Zusatze zum ersten Abschnitte des zweiten Bandes des Mithridates über die Cantabrische and Baskische Sprache*, p. 94 et suiv. Berlin, 1817.

(2) Renseignements empruntés au livre de M. FRANCISQUE-MICHEL : *Le Pays Basque*, p. 231.

2

Romaco aronac	Les étrangers de Rome
Aleguin, eta	Veulent forcer la Biscaye, et
Vizcaiac daroa	La Biscaye élève
Cansoa.	Le chant de guerre.

3

Octabiano	Octavien (est)
Munduco jauna;	Le seigneur du monde;
Lecobidi	Lecobidi
Vizcaicoa.	Des Biscaïens.

4

Ichasotatic,	Du côté de la mer,
Eta leorrez	Du côté de la terre
Imini deuscu	(Octavien) nous met
Molsoa.	Le siége (à l'entour).

5

Leor celaiac	Les plaines arides
Bereac dira	Sont à eux;
Mendi tantaiac	(A nous) les bois de la montagne,
Leusoac.	Les cavernes.

6

Lecu ironean	En lieu favorable
Gagozanean,	Nous étant postés,
Norberac sendo	Chacun (de nous) ferme
(Dau) gogoa;	A le courage.

7

Bildaric guichi	Petite (est notre) frayeur,
Arma bardinas,	Au mesurer des armes;
Oramaia zu	(Mais) ô notre arche au pain, vous
Guexoa.	(Êtes) mal (pourvue).

8

Soya gogorrac	Si dures cuirasses,
Badirituis,	Ils portent (eux)
Narru billosta	Les corps sans défense
Surboa.	(Sont) agiles.

9

Bost urteco	Cinq ans durant,
Egun gabean	De jour et de nuit
Gueldi bagaric	Sans aucun repos
Bochoa.	Le siége (dure).

10

Guereco bata	Quand un de nous
Il badaguian,	Eux tuent,
Bost amarren	Quinze d'eux
Galdua.	(Sont) détruits.

11

Aec anis ta	(Mais) eux (sont) nombreux et
Gu guichitaia;	Nous petite troupe.
Azquen indugu.	A la fin nous faisons
Lalboa.	Amitié.

12

Gueure lurrean,	Dans notre terre
Ta aen errian,	Et dans chaque pays
Biroch ain baten	(Il y a) une manière de lier
Zamoa.	Les fardeaux.

13

| Eein gueyago | Davantage (était) impossible |
| .... | .... |

14

Tiber lecua	La ville du Tibre
Gueldico zabal,	(Est) sise au loin,
Uchin tamaio	Uchin...............
Grandoja.	(Est) grand.

15

| (Illisible.) | (.......................) |

16

Andi arichac	Des grands chênes
Guesto sindoas	La force s'use
Betigo naiaz	Au grimper perpétuel
Nardoa.	Du pic.

« Cette version, dit Fauriel, est aussi littérale que possible et a été entreprise à l'aide de celle que M. de Humboldt a faite sur les lieux, aidé lui-même des érudits du pays (1).

(1) «W. de Humboldt (Prüfung) a donné ce chant celtibérien (sic), dont nous rétablissons le sens.» Ainsi s'exprime, avec sa circonspection et sa modestie habituelles, M. MARY-LAFON, dans le tome I de son *Histoire du Midi*, p. 61. M. Mary-Lafon a reçu, je n'en doute pas, mission et grâce spéciale pour corriger le baron de Humboldt et les érudits basques qui l'ont aidé; mais il aurait dû mettre le lecteur à même de juger de la valeur de ses corrections en donnant le texte en regard. Pourquoi donc ce critique, si justement convaincu de sa supériorité, a-t-il négligé de traduire les couplets 1, 12, 13, 14, et de mentionner que le quinzième était illisible dans le manuscrit?

» Auguste ayant fait la guerre aux Cantabres et les ayant vaincus, ceux-ci, sous le commandement d'Uchin, leur chef, se retirèrent sur une haute montagne, où les Romains les bloquèrent, dans l'espoir de les contraindre à se rendre en leur coupant les vivres. Cette espèce de blocus dura, dit-on, plusieurs années, et se termina par une paix glorieuse pour les Cantabres.

» D'après les traditions du pays, le général cantabre, Uchin, serait allé après la paix s'établir en Italie, où il aurait fondé la ville d'*Urbino*. Ces traditions ne méritent certainement aucune foi; mais il est pourtant singulier, comme l'observe M. de Humboldt, que le nom d'*Urbino* (*Urbinum*) soit un mot basque qui signifie (*ville*) *entre deux eaux*, et qu'il y ait en Biscaïe une ville d'*Urbina*. Après le départ d'Uchin, les Cantabres se donnèrent un autre chef nommé Lecobidi. Tels sont, vrais ou faux, les événements auxquels le chant qui précède fait très vaguement et très obscurément allusion.

» Le premier couplet n'appartient point au sujet; il se rapporte à une vieille histoire basque, d'une étrange ressemblance avec celle du meurtre d'Agamemnon. Il y eut, selon cette tradition, en Biscaïe, un chef très brave et fort aimé, nommé Lelo. Ce chef ayant été obligé de faire une expédition de guerre en pays étranger, un certain Zara profita de son absence pour séduire sa femme Tota. Lelo, son expédition terminée, étant revenu chez lui, les deux amants se concertèrent pour le tuer, et le tuèrent. Le crime fut découvert et fit du bruit. Il fut décidé dans l'assemblée du peuple que les deux coupables seraient à jamais bannis du pays. Quant à Lelo, il fut ordonné que, pour honorer sa mémoire et perpétuer les regrets de sa mort, tous les chants nationaux commenceraient par un couplet de lamentation sur lui. Si singulière que puisse paraître cette histoire, il y a un proverbe basque qui s'y rapporte et semble en atténuer, sinon la vérité, du moins la popularité. *Betico Leloa!* c'est l'*éternel Lelo!* ou *éternel comme Lelo!* dit-on de toute chose trop répétée. M. de Humboldt cite en outre le refrain d'une vieille chanson en l'honneur de Lelo.

» Encore quelques mots sur la découverte et l'âge de ce fragment. Il fut trouvé, vers 1590, par J. Ibañez de Ibarguen, savant
biscaïen, chargé de visiter les archives du pays. Il était écrit sur
une feuille de très vieux parchemin, tout rongé des vers, et con-
sistait en un grand nombre de couplets, dont Ibañez ne copia que
seize, ou plutôt quatorze. Cette copie, comme perdue au milieu
de papiers du même genre, était restée inédite jusqu'en 1817, où
M. Guillaume de Humboldt la publia dans son supplément à l'article de la langue basque dans le *Mithridates* d'Adelung.

» Les érudits basques n'hésitent pas à regarder ce fragment
comme aussi ancien que le fait auquel il se rapporte. — En indi-
quer précisément l'époque, c'est chose impossible; mais on peut,
à l'aide d'un rapprochement facile, s'assurer que, sans être antique, il est du moins fort ancien. »

« Il existe un autre fragment basque dans le dialecte du Guipuzcoa qui, avant la publication de celui-ci, passait pour le plus
ancien qu'il y eût dans la langue basque; c'est le premier couplet
d'un chant historique composé en 1322 sur une victoire rempor-
tée, cette même année, sur les Navarrais par les Guipuzcoans;
ainsi donc, le fragment dont il s'agit a plus de six cents ans
d'ancienneté. Toutefois, la diction ne présente ni difficulté ni
obscurité, et la langue n'en diffère point sensiblement de la langue
actuelle.

» Si, maintenant, on rapproche le chant cantabre du chant
guipuzcoan, le premier a l'air d'appartenir à un autre idiome,
tant il abonde en archaïsmes, en mots perdus et inconnus dont
il faut deviner le sens. Si l'on veut évaluer par approximation le
temps indispensable pour amener une différence aussi marquée
entre les deux fragments, on peut dire avec assurance que ce
n'est pas trop de cinq ou six cents ans, et peut-être prouverait-on
que ce n'est point assez (1). »

Il est impossible, je le répète, de mieux reproduire que Fauriel

(1) FAURIEL, *Histoire de la Gaule méridionale*, t. II, 3ᵉ appendice.

le système de traduction et les idées de M. de Humboldt au sujet du *Chant des Cantabres*. J'ai déjà dit ce que je pensais sur le fragment relatif à la bataille de Béotibar. Si l'on accepte ces six vers comme un échantillon de la langue euskarienne en 1321, et si l'on prend pied sur ce texte pour reporter à cinq ou six cents ans plus haut, à raison de ses obscurités et de ses archaïsmes, l'histoire de Lekobidi, on arrive au septième ou huitième siècles, c'est-à-dire à peu près à l'époque où aurait été composé le *Chant d'Altabiscar*. Or, le *Chant d'Altabiscar* est d'une intelligence si facile pour un homme de notre temps, que mon marchand de beurre, qui est un Souletin dépourvu de toute espèce de littérature, m'en a traduit mot à mot aussi long que j'ai voulu. La conséquence de ce dilemme, c'est qu'il faut au moins que l'un des deux poèmes soit faux, car on n'a pu composer, vers l'époque karolingienne, deux chants dont l'un diffère si notablement du fragment de la bataille de Béotibar, et dont l'autre ne s'éloigne pas sensiblement de l'idiome contemporain (1). Supposons, pour un instant, que celui qu'a découvert M. W. de Humboldt soit authentique : il n'est pas d'homme ayant pour deux sols de bon sens qui veuille admettre que la poésie se soit produite plus de sept cents ans après l'événement qu'elle célèbre, surtout lorsque cette pièce porte trace de la prétendue tradition encore plus ancienne de Lelo. Aussi, Fauriel, écho fidèle du philologue prussien, dit-il que peut-être cinq ou six siècles *ne sont point assez*. Puisque nous voilà embarqués dans les hypothèses, je consens à remonter au siècle d'Auguste, mais à condition que le document qu'on me présente concordera parfaitement avec ce que les témoignages historiques, philologiques, etc., nous apprennent incontestablement sur les Basques.

Et d'abord, écartons ces contes bleus de Lelo, de Tota et de Zara, dont on voudrait faire le pendant de la légende d'Agamemnon, d'Egisthe et de Clytemnestre. Je n'y croirai jamais,

(1) Sauf un très petit nombre d'archaïsmes évidemment volontaires, et introduits pour mieux déguiser la fraude.

lors même qu'un congrès d'euskarisants m'en ferait le serment par les mânes de l'abbé Iharce de Bidassouet, lequel veut « que l'on convienne qu'il n'y a aucune langue dans tout l'univers qui se rapproche davantage de celle que le Père Eternel a inspirée à Adam (1). » Je préfère en croire M. Francisque-Michel, qui ne voit dans ce *Lelo il Lelo* qu'un refrain analogue à nos *La Faridadondaine* et à nos *Tra la la*, et qui prouve ce qu'il avance en citant un fragment du *Romancero Castellano* (2), dont j'ai retrouvé, d'ailleurs, beaucoup d'analogues dans le *Tesoro de los Romanceros*, de don Eugenio de Ochoa (3). Que l'on dise de ce refrain, *éternel comme Lelo!* cela ne m'étonne pas et se pratique tous les jours pour les répétitions banales et fastidieuses.

Quant au voyage en Italie d'Uchin, fondateur d'*Urbino*, et à l'analogie de ce nom avec l'*Urbina* d'Espagne, je regrette vivement qu'aucun historien de l'antiquité n'ait pris la peine de nous instruire de cette expédition mémorable. C'est là une de ces rêveries extravagantes comme on en rencontre beaucoup dans les écrivains du xvi⁰ siècle, et même plus tard. Sans sortir de notre Sud-Ouest, les anciens bourgeois d'Auch ne montraient-ils pas aux voyageurs la maison du père de Cicéron? Dans ses *Gesta Tholosanorum*, Nicolas Bertrandi ne raconte-t-il pas que le poète Virgile vint d'Italie à Toulouse pour y étudier sous le célèbre Guillaume de Capdenier, et n'affirme-t-il point qu'il ne retourna à Rome, après la mort de son maître, que parce qu'il ne put obtenir de le

---

(1) IHARCE DE BIDASSOUET, *Histoire des Cantabres*. Il dit encore dans le même livre, page 214 : « Je ne sais pas si la langue du Père Eternel... était basque. »

(2) FRANCISQUE-MICHEL, *Le Pays Basque*, page 230.

    ¡ Helo, helo, por do viene
    El Infante vengador
    Caballero à la gineta,
    En un caballo corredor.

ROMANCERO CASTELLANO, *Romance del Infante vengador.*

(3) *Helo* devient souvent *alá* ou *allá* dans les romances espagnoles. C'est une exclamation qui, comme *ay* et *o*, n'a par elle-même aucun sens précis.

    ¡ Oh valesme tu, Ala !
        Romance de don Gaiferos.

    Alla! van a echar ancoras
    Alla! al puerto de San Gil...,
        Romance del conde de Narbona.

remplacer dans sa chaire de rhétorique ? — Sans doute, Urbinum et Urbina sont des noms de villes, et M. W. de Humboldt a signalé de nouveau cette analogie dans son livre sur les Basques, publié à Berlin en 1821. Mais il serait facile de multiplier ces rapprochements toponymiques et de relever, même en dehors des pays occupés par les Basques, ou réputés tels, une foule d'identités ou d'analogies qui ont probablement leur cause dans la parenté des langues âryennes, et probablement aussi touraniennes (1).

Laissons donc là Uchin et Urbino, et ajournons les autres questions historiques soulevées par le *Chant des Cantabres* jusqu'après l'examen de ce poème au point de vue de la langue. Ainsi que je l'ai déjà dit, si cette pièce est authentique, elle a dû être composée immédiatement après l'événement qu'elle célèbre, et non sept cents ans après. Dès lors, elle devrait être exempte de toute espèce de mots empruntés au vocabulaire latin ou à celui des langues romanes. On comprend, en effet, que de pareilles infiltrations dans le glossaire des Basques ne peuvent être que le résultat lent et insensible de la domination impériale ou du contact avec les civilisations néo-latines. Or, demeurant posé en fait qu'il existe trace de ces infiltrations dans le document suspect, il est difficile d'en reporter la date aux premiers siècles de notre ère, car ce n'est pas ordinairement lorsque son idiome s'altère qu'un peuple fixe ses traditions héroïques. Sous condition de prouver à suffisance, voilà déjà une contradiction manifeste; il ne reste plus de place que pour l'hypothèse d'un poème composé après coup, et cette hypothèse se trouve confirmée d'ailleurs par certains détails caractéristiques.

Je prends le second couplet du *Chant des Cantabres*, et je trouve au quatrième vers le mot *cansoa*, la chanson, le chant de guerre. Voilà un terme, non pas latin, mais néo-latin, emprunté évidemment au vocabulaire poétique des troubadours. Sans doute, le radical primitif est *cantus*; mais la création du dérivé et son

(1) Max MULLER, *Letter on the Turanian languages.*

application spéciale à un certain genre de pòèmes n'arrive qu'avec les littératures du moyen âge. Témoins, Raynouard, Schlegel, Diez et M. Fauriel lui-même. J'ouvre au mot *chant* le dictionnaire du P. de Larramendi(1), et je lis *canta, cantea, cantua, otsastea*. Les trois premières expressions dérivent incontestablement du radical étranger *cantus*, modifié dans sa signification par une influence particulière et postérieure. Mais le vrai terme basque, synthétique et compréhensif, source de plusieurs dérivés, c'est *otsastea* (*bruit*.) Parmi les similaires ou analogues très rapprochés, je puis citer : *ostotsa, odotsa, ostya*, tonnerre, *otsa*, son, *mint-zoa*, parole, *otsoa, oxoa*, loup (*hurleur*), et plusieurs autres encore. Il n'en faut pas davantage pour établir que *cansoa* est d'importation néo-latine, et l'on peut déjà légitimement en conclure que le poème est moderne.

Je prends le second vers du couplet suivant : «Octavien est le maître du monde, *munduco jauna*.» Sur *jauna*, je n'ai rien à dire; mais *munduco*? L'idée complexe de monde a-t-elle pu jamais éclore chez un peuple aussi barbare que les Euskariens de l'époque d'Auguste, et tout ce que Strabon nous apprend sur leurs habitudes et sur leurs mœurs ne répugne-t-il pas à une pareille supposition? Dans le dictionnaire basque, *mundua*, le monde, n'a ni synonymes ni dérivés. Ajoutez-y l'identité du radical avec le mot latin de même signification, et vous pouvez hardiment assurer que c'est encore là une importation étrangère.

Que dites-vous des *armes égales (arma bardinas)* du septième couplet? La notion générale et abstraite d'arme, d'instrument de guerre, ne suppose-t-elle pas un développement social et des habitudes d'esprit incompatibles avec la civilisation rudimentaire des Basques? Ce terme n'est-il pas, lui aussi, transporté de la langue latine ou de ses dérivés? Est-il possible d'en trouver l'équivalent ou l'analogue dans le glossaire indigène? Prenez encore le dictionnaire du P. de Larramendi, vous y verrez que la plupart des armes

(1) P. Manuel de Larramendi, *Diccionario trilingue del Castellano, Bascuence y Latin.*

primitives sont conçues sous la forme concrète, et désignées par un mot qui n'a rien de commun avec les langues voisines, bien que celles-ci aient pu fournir, plus tard, des synonymes. Exemples : *makila* casse-tête ou bâton, *agapurua* massue, *aballa* ou *uballaria* fronde, *brokela* bouclier, *istoa* flèche, *tiruztaya* arc, *burantza* casque, etc., etc. Les synonymes tirés des vocabulaires étrangers sont : *sageta* (*sagitta*) flèche, *dardua* ou *azagaya* (*zagaie*) dard, *ezkutakia* (*scutum*) ou *adarga* (*targe*) bouclier, etc. Un grand nombre de termes sont empruntés directement à l'espagnol ou au gascon : *pica* pique, *lapza* lame, *puñala* poignard, *arbtalea* catapulte, *ezpata* épée, et cent autres encore. L'usage du mot *arma* est donc une preuve nouvelle de la fausseté du *Chant des Cantabres*; il suffirait, à lui seul, pour faire croire que ce poème a été composé à une époque relativement récente.

J'arrive au douzième couplet.

Gueure lurrean,	Dans notre terre
Ta aen errian,	Et dans chaque pays,
Biroch ain baten	(Il y a) une manière de lier
Zamoa	Les fardeaux.

Je veux bien admettre qu'il y a dans chaque pays, et dans la terre basque, une manière de lier les fardeaux, mais pourvu que l'on m'accorde que Humboldt et Fauriel ont commis une faute dans la traduction du dernier vers. *Zamoa*, de même que *zamaria*, signifie bête de somme et non fardeau. Je sais qu'on l'emploie quelquefois en basque pour désigner le cheval dont le véritable nom est *zaldia*. Or, comme *z = s*, il est facile de reconnaître dans *zamoa*, comme dans *zamaria*, un mot emprunté au gascon ou à l'espagnol.

Le mot *grandoja* (grand), placé à la fin du quatorzième couplet, a certainement la même origine, et, comme le précédent, il est entré dans le glossaire euskarien à une époque relativement récente. Parlez-moi d'*andia, aundia, larria, eskergea, ordongoa* : voilà des adjectifs qui ne doivent rien à personne, tout en signifiant la même chose, et parmi lesquels on aurait assurément

3

choisi, si le *Chant des Cantabres* avait été composé à une époque voisine de leur défaite par les Romains.

Je pourrais me borner à cette démonstration linguistique; mais l'histoire me fournit des preuves surabondantes, et le lecteur pourra bien vite en juger après un exposé que je m'efforce d'abréger le plus possible.

Marca, Oïhénart, le P. José de Moret, et tous les annalistes du nord de l'Espagne et du sud-ouest de la France, regardent, à bon droit, les Basques actuels comme les descendants des anciens Vascons. Le territoire occupé par les Vascons a été décrit par Strabon, Pline, Ptolémée et Pomponius Méla, résumés par Oïhénart dans les premiers chapitres de sa *Notitia utriusque Vasconiæ.* J'y renvoie, pour faire court, et je constate qu'à l'origine ce territoire comprenait non-seulement la Navarre actuelle, mais encore, au-delà de l'Ebre, la ville de Calagorris et celle de Gracurris. Au midi, il avait à peu près les mêmes limites que l'ancien comté d'Aragon, et au nord il touchait à l'Océan cantabrique, dans cette partie de la province de Guipuzcoa où se trouve Fontarabie. Voilà ce qui résulte du témoignage unanime des géographes anciens et modernes. Bornés au septentrion par la chaîne des Pyrénées, les Vascons avaient pour voisins, à l'orient les Vescitani et les Ilergètes, au sud les Pelendones et les Berones, et au couchant les Varduli et les Autrigones, peuples de la Cantabrie. On a longtemps disputé sur les limites de ce dernier pays, et je ne puis ici rapporter les opinions diverses de Florianus Ocampo, Mariana, Salazar *e tutti quanti.* Ce qu'il importe de savoir, c'est que, dans le chapitre III de sa *Notitia utriusque Vasconiæ,* intitulé : *Vera Cantabriæ descriptio proponitur,* Oïhénart a déterminé l'emplacement de l'ancienne Cantabrie, et que les recherches entreprises après lui, par le P. de Moret et les autres historiens de la Navarre espagnole et des provinces vascongades, n'ont modifié que médiocrement cette délimitation. Oïhénart a démontré que l'ancienne Cantabrie commençait au levant avec le pays des Vardules, c'est-à-dire en suivant à peu près une ligne qui partirait de Villafranca, dans les montagnes d'Oca, pour se diriger vers le port de Laredo. Il a également prouvé, contre Sandoval, Pintianus et Joannes a Ponte, que celte région s'étendait au couchant jusqu'à la *Tierra de Vierço* et aux montagnes voisines. Au midi, la Cantabrie descendait jusqu'à la plaine située au-dessous des montagnes d'Oviédo, et à cette partie du royaume de Léon connue sous le nom de *Tierra de Campos*. Il serait même facile de reculer sur certains points ces diverses limites, et de prouver notamment que la Cantabrie englobait la plus grande partie du royaume de Léon, c'est-à-dire les Asturies (tant du côté de Santillane que du côté d'Oviédo) et la *Tierra de Campos*, et commençait à cette partie du mont Vindio (Léon et Vieille-Castille), où se trouvent les villes d'Auseva et de Cavadonga.

On ne sait rien de l'histoire des Vascons avant l'arrivée des Carthaginois en Espagne; mais, dans trois ou quatre passages de son poème, Silius Italicus nous les montre servant en Italie contre les Romains, dans l'armée d'Annibal (1). Les Vascons devinrent ensuite les alliés des Romains, ainsi que d'autres peuples de la Celtibérie, témoins deux ou trois passages de Tive-Live (2), après lesquels le doute n'est plus permis à quiconque est un peu versé dans la géographie ancienne du nord de l'Espagne. A partir de cette soumission, on ne compte qu'une défection, et encore partielle, en Vasconie, celle des habitants de Calagorris, qui embrassèrent le parti de Sertorius.

Les Cantabres étaient devenus les alliés des Romains bien avant l'époque d'Auguste en même temps que les Vaccéens et quelques autres peuplades (3), et ils servaient dans les armées de la République durant la guerre entre César et Pompée (4). De con-

---

(1) SIL. ITALICUS, *Punic.* Lib II. v. IX. X.
(2) TIT LIV. *Dec.* 3, Lib. I. et v.
(3) L. Lucullus consul... Vacceos, Cantabros et alias regiones, et iterum alias incognitas regiones subegit. FLORUS, *Epitom.* Lib. XLVIII.
(4) His rebus constitutis, equites auxiliaque toti Lusitaniæ a Petreio, Celtiberis, Cantabris, Barbarisque omnibus qui ad Oceanum pertinent, ab Afranio imperantur CÆS. *de Bello civili*, Lib. I.

cert avec les Astures, les Galiciens, les Lusitaniens, les Celtibè-
res et les Vaccéens, les tribus Cantabres tentèrent de reprendre
leur indépendance sous Auguste (23 ans avant J.-C.), qui vint
lui-même à Sigesama pour comprimer la rebellion. Un corps de
troupe marcha contre les Astures et les Galiciens, et un autre
commandé par Auguste lui-même, assisté de ses lieutenants
Emilius et Antistius, s'avança contre les Cantabres. Dion Cassius, Suétone, Plutarque, Strabon et d'autres auteurs anciens,
nous ont transmis divers épisodes de cette guerre, que je n'ai pas
à raconter en détail. Ce qu'il importe d'en savoir, c'est que le premier
corps d'armée cerna les rebelles en Asturie, sur le mont Médulius,
qui domine le cours du Minho. Les assiégés, au nombre de douze
cents, s'empoisonnèrent dans un festin pour échapper à l'ennemi. Un
historien espagnol du v° siècle après Jésus-Christ, Orose, raconte que
les Cantabres furent également investis, sur le mont Vinnius, par l'armée d'Emilianus. Mais Orose a commis ici une grave erreur et
renouvelé chez les Cantabres un événement qui ne s'est passé qu'en
Galice, où se trouve le mont Medulius, non loin de la région connue
sous le nom de *Tierra de Vierço*. Il ne peut rester à cet égard aucun
doute à ceux qui liront la lumineuse dissertation d'Oïhénart qui
forme le chapitre quatrième de la *Notitia utriusque Vasconiæ*.
Quant à l'expédition en Cantabrie, Auguste se vit forcé d'en
abandonner la conduite à ses lieutenants, Carisius et Caius Furnius.
Dion Cassius nous apprend que le petit nombre des habitants
qui tombèrent vivants au pouvoir des Romains, désespérant de
leur liberté et comptant leur vie pour rien, brûlèrent leurs
munitions et s'entretuèrent dans l'incendie (1). Florus confirme le
récit de Dion Cassius, lequel ajoute un peu plus bas qu'Agrippa,
dans une nouvelle expédition, massacra la plupart des Cantabres
en état de porter les armes, désarma le reste et le transporta des
montagnes dans la plaine.

Oïhénart croit que les vaincus furent cantonnés dans le ter-

(1) Dio Cass. Lib LIII.

ritoire des Bérons et des Turmodiges, dans le pays qui devint plus tard la province de Rioia. Ce pays, dit-il, dut prendre alors le nom de Cantabrie, qu'il portait encore à l'époque de l'occupation sarrazine. Ce pays se trouve, en effet, ainsi désigné dans l'auteur de la vie de saint Emilien, dans Roderic de Tolède, Lucas de Tuy, et plusieurs autres annalistes espagnols. Cet historien ajoute qu'après le massacre et l'expulsion des Cantabres, les Vascons s'emparèrent de leur pays, et lors de l'occupation wisigothique, ils luttèrent contre les nouveaux maîtres avec des succès divers. Mais Oïhénart commet ici une erreur, et le P. de Moret a démontré que cette occupation n'a eu lieu que sous les Wisigoths (1). Vers la fin du vi⁰ siècle, les Vascons franchirent les Pyrénées et firent de fréquentes excursions dans la Novempopulanie. Ils s'emparèrent d'abord du pays basque (*Vascitania*), et plus tard de toute la province, qui prit alors le nom de Gascogne (*Vasconia*), et devint un duché héréditaire à partir de l'élection de Sanche, en 851. Le pays des Basques trans-pyrénéens, augmenté de la Cantabrie depuis l'invasion wisigothique, se divisa, sous la féodalité, en quatre régions : Navarre, Alava, Guipuzcoa et Biscaye. Oïhénart rattache à Loup, qui vivait vers l'an 1000, la série des comtes de Biscaye. Par-delà, dit-il, il n'y a qu'incertitude et ténèbres sur ce pays, dont le nom n'apparaît d'ailleurs qu'avec le régime féodal.

Dieu merci, je suis au bout de mon exposé, et les contradictions du *Chant des Cantabres* avec l'histoire positive peuvent maintenant être comprises sans grands efforts.

Second couplet :

Romano aronac	Les étrangers de Rome
Aleguin eta	Veulent forcer la Biscaye, et
Vizcaiac daroa	La Biscaye élève
Cansoa.	Le chant de guerre.

Je constate d'abord que les Romains de l'époque d'Auguste étaient déjà maîtres de la Cantabrie comme du pays des Vascons. Depuis

(1) P. Jose de MORET, *Investigationes historicas del Reyno de Navarra*, l. I, c. ᴋ.

longtemps, ils n'étaient pas des étrangers en Espagne, et loin de venir attenter à la liberté de ces contrées, ils ne faisaient que les ramener à une sujétion déguisée tout au plus sous le nom d'alliance. La Biscaye n'a pas pu élever de chant de guerre pour deux motifs. Le premier, c'est que le territoire devenu plus tard la Biscaye des Euskariens appartenait encore aux Cantabres, et que les Vascons, ancêtres des Basques, et demeurés constamment soumis, sauf la révolte partielle de Calagorris, ne s'en sont emparés et n'y ont propagé leur langue qu'après la chûte de la domination romaine en Espagne (1). Seconde raison bien supérieure à la première : la Biscaye est un nom qui appartient exclusivement à la géographie féodale de l'Espagne. Elle ne pouvait donc rien entonner du tout sous Auguste.

Comment l'aurais-je fait, si je n'étais pas né?

Troisième couplet.

Octabiano	Octavien est
Munduco jauna,	Le seigneur du monde,
Lecobidi	Lecobidi
Vizcaicoa.	Des Biscayens.

Auguste était, en effet, le seigneur du monde, y compris les Cantabres et les Vascons, et la preuve, c'est que ceux-ci voulurent reconquérir leur indépendance. Mais il est fâcheux que Dion Cassius, Suétone, Strabon, Florus, etc., n'aient pas soufflé mot de l'aimable Lecobidi, seigneur des Biscayens, à peu près un millier d'années avant qu'il y eût une Biscaye.

(1) Beaucoup de gens croient encore, sur la foi du système de toponymie ibérienne inventé par le P. de Larramendi et propagé par Humboldt, à l'antique diffusion du basque dans toute l'Espagne. J'espère démontrer plus tard le peu de fondement de cette opinion, qui a trop souvent égaré les historiens et les auteurs de numismatiques dites ibériennes. — Les Astures et les Cantabres étaient des peuples celtiques. V. là-dessus la dissertation de Graslin, *De l'Ibérie*, p. 345 et suiv. — Marca, le P. de Moret, les frères de Mohedano, etc., ont adopté la distinction établie par Oïhénart entre l'ancienne Cantabrie et le pays des Vascons. Dans ses *Origenes de la lengua Espanola*, n° 13, p. 9, et n° 98, p. 84, Mayans y Siscar va même jusqu'à affirmer, non sans apparence de raison, que l'idiome basque n'a jamais dépassé de beaucoup les limites de son domaine actuel, et M. Graslin, dans le livre déjà cité, désigne le pays montueux des *Pasiegos* comme correspondant à la frontière de l'ancienne Cantabrie.

Quatrième couplet.

Ichasotatie	Du côté de la mer,
Eta lcorrez	Du côté de la terre,
Imini deuscu	(Octavien) nous met
Molsoa.	Le siége (à l'entour.)

Auguste n'a mis le siége ni du côté de la mer, ni du côté de la terre, et les historiens nous apprennent qu'il se retira malade. Ce sont ses lieutenants qui ont tout fait pour lui chez les Astures et les Galiciens comme chez les Cantabres. Voilà pourquoi, sans doute, Auguste refusa le triomphe, quand il fut de retour à Rome. A partir de ce couplet, jusqu'au dixième exclusivement, nous voyons en outre que l'auteur du *Chant des Cantabres* s'est inspiré du récit d'Orose sur le siége du mont Médulius, et qu'il fait arriver, non pas en Vasconie, mais en Cantabrie, un siége qui a eu lieu en Galice.

Onzième couplet.

Aec anis ta	(Mais) eux (sont) nombreux et
Gu guichitaia;	Nous petite troupe.
Azquen indugu	A la fin nous faisons
Lalboa.	Amitié

Ah! c'est trop fort! Ils font amitié. Et quand cela, s'il vous plaît? Est-ce après s'être empoisonnés, entr'égorgés et brûlés? Est-ce après qu'Agrippa a fait mettre à mort tous les hommes en état de porter les armes, et déporté dans la plaine le petit nombre de survivants?

Je n'insiste pas davantage, et j'en ai dit assez pour démontrer que l'histoire, aussi bien que la linguistique, démontrent la fausseté du *Chant des Cantabres.* Il en est de même du rhythme, et quiconque a parcouru les provinces vascongades et les pays environnants, a souvent entendu chanter, et même improviser, soit en euskarien, soit en espagnol, une espèce de chansons dont je ne sache pas qu'il ait encore été question dans les recueils de poésies populaires. Chaque couplet se compose de deux vers composés d'un nombre variable de syllabes et rimant plus ou moins par assonance. L'air est à peu de chose près celui des vêpres espagnoles, et, comme dans les psaumes, on va plus ou moins vite, selon que le vers est plus ou moins long. Si l'on prend chaque quatrain du *Chant des Cantabres*, de façon à faire un seul vers des deux premiers, et un autre des deux derniers, on obtient une poésie exactement semblable à celles dont je viens de parler. Mais alors l'histoire de Lecobidi est moderne, et il est difficile d'admettre que ses exploits et ceux de ses compagnons aient été chantés sur l'air des vêpres avant la naissance de Jésus-Christ.

Le *Chant des Cantabres* est donc une pièce fausse, et il est même possible de déterminer approximativement l'époque de sa fabrication. Et d'abord l'usage répété du mot Biscaye (*Vizcaiac*, *Vizcaicoa*) ne permet pas de la reporter plus haut que le commencement de l'époque féodale. Mais si l'on songe que c'est surtout à partir du xve siècle que les historiens du nord de l'Espagne donnent volontiers le nom de Biscaye tantôt à la réunion de la Biscaye et de l'Alava, tantôt à l'ensemble des provinces vascongades, nous pouvons légitimement descendre jusqu'à cette époque. On désigne aussi alors ces provinces sous le nom de Cantabrie, et cette dénomination se continue pendant les xvie, xviie et xviiie siècles suivants, ainsi qu'il serait facile de l'établir de Jove, des deux Scaliger, de de Thou, de Mariana, du P. de Moret et de beaucoup d'autres. La pièce en question étant en langue basque, et ayant pour titre le *Chant des Cantabres*, ne peut donc être antérieure à l'époque où l'on a indifféremment désigné sous le nom de Cantabres, de Biscayens, de Basques, les Euskariens établis au-delà des Pyrénées. Après ces explications, il ne paraîtra pas étonnant qu'Ibañez de Ibarguen ait pu trouver, en 1590, un exemplaire manuscrit de la pièce apocryphe. En activant ses recherches, il aurait peut-être pu découvrir aussi en Biscaye, un document beaucoup plus curieux, une histoire en cinq livres de la conquête de la Cantabrie, rédigée, disait-on, par Auguste lui-même, et que l'on prétendait exister encore au xviie siècle. Oïhénart traite avec raison cette histoire de rêve de gens éveillés (*mera vigilantium somnia*), et il faut en faire autant du *Chant des Cantabres*, dont la linguistique, l'histoire, le rhythme, et tant d'autres particularités, démontrent à la fois la fausseté et la fabrication récente.

IV

CHANT D'ALTABISÇAR. — On sait déjà que ce poème a été publié pour la première fois par M. de Monglave (1). Le voici tel qu'il le livra lui-même, dans son appétissante primeur, aux membres de l'Institut historique de 1835.

Oyhu bat aditua izan da
Escualdunen mendien artetic,
Eta etcheco jaunac, bere athearen ainticinean chutic,
Ideki tu beharriac, eta erran du : « Nor da hor ? Cer nahi dautet ? »
Eta chacurra, bere nausiaren oinetan lo zaguena,
Alchatu da, eta karrasiz Altabisçarren ingurruac bethe ditu.

Ibañetaren lepoan harabotz bat aghertcen da,
Urbiltcen da, arrokac esker eta escun joten dituelaric;
Hori da urruntic heldu den armadabaten burruma.
Mendien capetaric guriec erepuesta eman diote;
Bere tuten seinuia adiarazi dute,
Eta etcheco jaunac bere dardac zorrozten tu.

(1) *Journal de l'Institut historique*, t. I, p. 176. Paris, 1835. Je copie exactement la traduction de M. de Monglave; mais j'adopte une autre orthographe que celle de sa leçon.
« Un cri s'est élevé — du milieu des montagnes des Escualdunacs; — et l'Etcheco-jauna (*maître de la maison*). debout devant sa porte, — a ouvert l'oreille, et il a dit : Qui va là ? Que me veut-on ? » — Et le chien qui dormait aux pieds de son maître — s'est levé, et il a rempli les environs d'Altabisçar de ses aboiements.
» Au col d'Ibaneta, un bruit retentit; — il approche en frôlant à droite, à gauche les rochers; — c'est le murmure sourd d'une armée qui vient. — Les nôtres y ont répondu du sommet des montagnes; — ils ont soufflé dans leurs cornes de bœuf, — et l'Etcheco-jauna aiguise ses flèches.

4

Heldu dira! heldu dira! cer lantzazco sasia!

Nola cer nahi colorezco banderac heien erdian aghertcen diren!

Cer simiztac atheratcen diren hein armetaric!

Cenbat dira? Haurra, condatzac onghi!

Bat, biga, hirur, laur, bortz, sei, zazpi, zortzi, bederatzi, hamar,
[hameca, hamahi,]

Hamahirur, hamalaur, hamabortz, hamasei, hamazazpi, heme-
[zortzi, hemeretzi, hogoi.]

Hogoi eta milaca oraino.

Hein condatcea demboaren galtcea liteke.

Urbilt ditzagun gure beso zailac, errotic athera ditzagun arroca
Botha ditzagun mendiaren patarra behera   [horriec,]

Hein buruen gaineraino;

Leher ditzagun, herioaz jo ditzagun.

Cer nahi zuten gure mendietaric Norteco ghizon horiec?

Certaco jin dira gure bakearen nahastera?

Jaungo coac mendiac in dituenean nahi izan du hec ghizonec
[ez pasatcea.]

Bainan arrokac biribilcolica erotzcendira, tropac lehertcen dituzte.

Odola churrutan badoa, haraghi puscac dardaran daude.

Oh! cembat hezurr carrascatuac! cer odolezco itsasoa!

Escapa! escapa! indar eta zaldi dituzuenac.

Escapa hadi, Carlomano eregghe, hire luma beltzekin eta hire
[capa gorriarekin;]

Hire iloba maitea, Errolan zangarra, hantchet hila dago;

Bere zangarrtassua beretaco ez du izan.

Eta orai, Escualdunac, utz ditzagun arroca horiec;

Jautz ghiten fite igor ditzagun gure dardac escapatcen diren contra.

» Ils viennent! ils viennent! Quelle haie de lances! — Comme les bannières ver-sicolorées flottent au milieu! — Quels éclairs jaillissent des armes! — Combien sont-ils? Enfant, compte-les bien! — Un, deux, trois, quatre, cinq, six, sept, huit, neuf, dix, onze, douze, — treize, quatorze, quinze, seize, dix-sept, dix-huit, dix-neuf, vingt.

» Vingt, et des milliers d'autres encore. — On perdrait son temps à les compter. — Unissons nos bras nerveux, déracinons les rochers, — lançons-les du haut des montagnes — jusque sur leurs têtes. — Ecrasons-les! tuons-les!

» Et qu'avaient-ils à faire dans nos montagnes ces hommes du Nord? — Pourquoi sont-ils venus troubler notre paix? — Quand Dieu fait des montagnes, c'est pour que les hommes ne les franchissent pas. — Mais les rochers en roulant tombent; ils écrasent les troupes; — le sang ruisselle, les chairs palpitent. — Oh! combien d'os broyés! quelle mer de sang!

» Fuyez! fuyez! ceux à qui il reste de la force et un cheval. — Fuis, roi Carlo-man, avec tes plumes noires et ta cape rouge. — Ton neveu, ton plus brave, ton chéri, Roland, est étendu mort là-bas. — Son courage ne lui a servi à rien. — Et maintenant, Escualdunacs, laissons les rochers; — descendons vite en lançant nos flèches à ceux qui fuient.

Badoadi! badoadi! non da bada lantzezco sasi hura?
Non dira heien erdian agherri ciren cer nahi colorezco bandera hec?
Ez da gehiago simiztaric atheratcen heien arma odolez bethetaric.
Cembat dira? Haurra, condatzac onghi!
Hogoi, hemeretzi, hemezortzi, hamazazpi, hamasei, hamabortz,
[hamalaur, hamairur],
Hamabi, hameca, hamar, bederatzi, zortzi, zazpi, sei, bortz, laur,
[hirur, biga, bat].

Bat! ez da bihiric aghertcen gehiago.
Akhabo da. Etcheco jauna, joaiten ahalzira zure chacurrarekin,
Zure emaztearen eta zure haurren besarkatcera,
Zure darden garbitcera eta alchatcera zure tutekin, eta ghero
[heien gainean etzatera eta lo itera].
Gabaz, arranoac joanen dira haaghi pusca lehertu horien jatera,
Eta hezurr horiec oro churituco dira eternitatean.

M. de Monglave a cru devoir enrichir sa publication d'une notice où il explique sa découverte, tout en cherchant à déterminer
les caractères particuliers de la poésie nationale des Euskariens.
« J'ai vu autrefois, dit-il, une copie du chant d'Altabisçar chez
M. Garat, ancien ministre, ancien sénateur et membre de l'Institut.
Il la tenait du fameux La Tour d'Auvergne, le premier grenadier
de France, lequel, pendant les guerres de la République, se dé-
lassait de ses fatigues en travaillant à un glossaire en quarante-
cinq langues. La Tour d'Auvergne avait été chargé de traiter de
la capitulation de Saint-Sébastien, le 5 août 1794, et c'était au
prieur d'un des couvents de cette ville qu'il était redevable de ce
précieux document, écrit en deux colonnes, sur parchemin, et
dont les caractères peuvent remonter à la fin du douzième ou au
commencement du treizième siècle, date évidemment posté-

> Ils fuient! ils fuient! Où donc est la haie de lances? — Où sont ces bannières
versicolorées flottant au milieu? — Les éclairs ne jaillissent plus de leurs armes
souillées de sang. — Combien sont-ils? — Enfant, compte-les bien! — Vingt, dix-
neuf, dix-huit, dix-sept, seize, quinze, quatorze, treize, — douze, onze, dix, neuf,
huit, sept, six, cinq, quatre, trois, deux, un.
> Un! il n'y en a plus même un. — C'est fini. Etcheco-jauna, vous pouvez rester
avec votre chien, — embrasser votre femme et vos enfants, — nettoyer vos flèches, les
serrer avec votre corne de bœuf, et ensuite vous coucher et dormir dessus. — La
nuit, les aigles viendront manger ces chairs écrasées, — et tous ces os blanchiront
dans l'éternité.

rieure de beaucoup à ce chant populaire (1) ». — « Les Escual-
dunais ont peu écrit; ils ne se nourrissent (*sic*) que de traditions
verbales. Parmi les poésies qui se sont ainsi conservées de génération en génération, on cite un poème assez étendu sur la religion des Cantabres, des chants guerriers et allégoriques, quelques
chansonnettes supérieures peut-être en naïveté à celles de Métas-
tase, et des romances populaires qui datent, d'après M. de Humboldt, de l'invasion des Romains, et qui ne sont pas inférieures aux
plus beaux chants des grecs modernes. Viendra peut-être un Macpherson qui les recueillera (2). »

Arrêtons-nous quelques instants sur l'argument dont M. de
Monglave a enrichi le *Chant d'Altabiscar* : la discussion du texte en
deviendra d'autant plus facile.

Le lecteur s'imagine, sans doute, qu'après s'être expliqué de la
sorte, M. de Monglave va prendre pour base de sa traduction la fa-
meuse copie censée faite par La Tour d'Auvergne, et réputée remise
par lui au sénateur Garat. Point du tout. Il opère tout bonnement
sur un texte *formé des meilleures variantes* par un certain M. Du-
halde, d'après plusieurs versions qui seraient traditionnellement conservées *sur la montagne* (3). Si vous ne voulez pas le croire, allez-y
voir. C'est le parti que j'ai dû prendre, il y a cinq ans. Le bâton
à la main et le sac du fantassin sur le dos, j'ai couru la Soule, la
Basse-Navarre et le Labourd, à la poursuite des chants historiques
des Basques en général, et du *Chant d'Altabiscar* en particulier.
Durant cette odyssée, dont les étapes sont constatées par les visa
de mon passe-port, j'ai souvent regretté, dans l'amertume de mon
âme, que ces mots *sur la montagne*, n'aient point été remplacés
par des indications plus précises. Moins heureux que M. Dubalde,
qui n'a eu que la peine de choisir, j'ai vainement interrogé les
lettrés et les illettrés, curés, instituteurs, aubergistes et paysans.

(1) *Journ. de l'Inst. Hist.*, t. ɪ, p. 176.
(2) *Id. Ibid.*
(3) Dans le tome I de son *Histoire du Midi de la France*, p. 398, note 1, publiée
en 1845, M. Mary-Lafon nous apprend que le *Chant d'Altabiscar* « a été traduit
en 1834 par M. G. de M. » Pourquoi cette date de 1834, puisque la pièce a paru en
1835, et pourquoi M. Garay de Monglave n'est-il désigné que par ses initiales ?

Sauf le dénombrement ascendant et descendant, sur lequel je m'expliquerai plus bas, pas le moindre vestige du *Chant d'Altabiscar*, ni d'aucun autre poème historique. J'ai vainement essayé de recueillir aussi quelques bribes du *poème assez étendu sur la religion des Cantabres* dont parle M. de Monglave, qui a le tort, lui aussi, de confondre en une même nation les Cantabres, et les Vascons ancêtres des Basques. Si M. de Monglave ne prend la peine de publier ce précieux document, nous serons donc forcés de nous contenter, comme par le passé, des renseignements trop sommaires donnés par Strabon sur les croyances religieuses des anciens peuples du nord de l'Espagne (1).

De cette enquête infructueuse, je crois pouvoir déjà conclure que M. de Monglave est dans le vrai encore plus qu'il ne pense, quand il prophétise l'avénement d'un Macpherson euskarien, qui pourrait seul, en effet, révéler au commun des martyrs les richesses historiques et littéraires dont il parle dans l'argument du *Chant d'Altabiscar* (2). Je ne crois pas néanmoins que M. de Monglave soit à la hauteur de ce rôle, car plusieurs Bayonnais, ses compatriotes, m'ont dit et écrit que, malgré son nom et son origine basques, cet écrivain est étranger à la langue du pays (3). Cela étant, il n'aurait pu traduire le poème sur la déroute de l'armée de Charlemagne qu'avec le secours d'autrui. Mais la notice citée plus haut est bien l'œuvre de M. de Monglave, et il y est parlé des chants des

---

(1) Ἔνιοι δὲ τοὺς Καλλαικοὺς ἀθέους φασί, τοὺς δὲ Κελτίβηρας καὶ τοὺς προσβόρους τῶν ὁμόρων τινὶ θεῷ (θύειν) ταῖς πανσελήνοις νύκτωρ πρὸ τῶν πυλῶν, πανοικίους τε χορεύειν καὶ παννυχίζειν. STRAB. *Geog.* Lib. IV. — Chaho n'a pas manqué de prendre droit des paroles de M. de Monglave sur le prétendu poème relatif à la religion des anciens Cantabres, pour donner libre carrière à son penchant inné pour le faux, V. notamment dans l'*Hist. primit. des Euskariens-Basques*, les chapitres intitulés *les Pyrénées occidentales*, et *Aitor, légende cantabre*.

(2) Personne n'ignore aujourd'hui, sauf M. Garay de Monglave, que les poésies d'Ossian sont l'œuvre d'un mystificateur habile et lettré qui opérait sur des traditions populaires. Cette supercherie a été démasquée dans cent publications, dont une des plus remarquables est assurément celle de lord NEAVES, publiée en 1856, dans deux journaux d'Edimbourg: *The Courant*, nᵒ du 24 juillet, et *The Scotsman*, nᵒ du 26 du même mois.

(3) Voilà le sentiment des gens bien informés, et pourtant M. DU MÈGE a écrit dans ses *Addit. et Notes* à l'*Hist. du Langued.* VIIIᵉ livr., p. 34 : « M. de Monglave, qui connaît mieux peut-être que tout autre homme de lettres de notre époque la langue des *Escualdunacs*, ses compatriotes. »

Grecs modernes, en même temps que des poésies d'Ossian. En 1835, les chants grecs étaient, en effet, connus depuis longtemps du public français, grâce à la publication de Fauriel (1). Eh bien ! j'en fais juge quiconque compare, sans prévention, les poèmes ossianiques et palikares avec le *Chant d'Altabisçar*, ce dernier ne paraît-il pas évidemment inspiré des livres indiqués par M. de Monglave lui-même? N'est-ce pas le même bruit nocturne d'armées, les mêmes chiens vigilants, les mêmes aigles anthropophages, les mêmes ossements blanchis, dont la génération romantique de 1835 a fait une si effrayante consommation? Et que dire de Charlemagne qui détale, comme un pleutre, avec ses plumes noires et son manteau rouge, le costume du héros de l'opéra de *Robin des Bois*? Que dire enfin de cette maxime philosophique placée dans la bouche des montagnards des Pyrénées du viiie siècle? *Quand Dieu fit ces montagnes, il voulut que les hommes ne les franchissent pas.*

Il me semble que toutes ces réflexions ne sont pas de nature à inspirer une très vive confiance dans le *Chant d'Altabisçar*. Je ne veux pas l'examiner au point de vue linguistique, ni relever une foule de mots d'origine évidemment latine ou romane. On ne manquerait pas de m'objecter qu'il n'en est pas de cette pièce comme du *Chant des Cantabres*, et qu'au viiie siècle, la langue basque devait évidemment avoir emprunté beaucoup au lexique des idiomes parlés dans les régions voisines. Mais il ne m'est pas interdit de me rabattre sur le rhythme et sur l'histoire, et je n'en demande pas davantage.

Sur le rhythme, je serai court. Les Basques n'ont point de pro-

(1) FAURIEL, *Chants populaires de la Grèce moderne*, 1824. Je ne pense pas que M. de Monglave ait eu connaissance du livre publié l'année suivante à Leipzig, par M. Vils. MULLER, *Neugriechische Volksliedern, Griech und Franz ausgegeben von C. FAURIEL*; mais il a pu fort bien être informé, par le *Bulletin des sciences historiques* de FÉRUSSAC, t. XIII, p. 301-303, d'un chant bohémien du xve siècle, intitulé: *Défaite des Saxons*, dont le texte original avait été publié à Prague, en 1829 : *Die Koningin Handschrift...* p. 72. Je copie dans le *Pays Basque* de M. FRANCISQUE-MICHEL, p. 235, la traduction du dernier couplet du chant bohémien: « Wenesh escalada la montagne, — il leva son épée vers la droite. — C'est là que se lance l'armée, — et de là sur le rocher; — et du haut de ce rocher on jetait des pierres sur les Germains. — L'armée se précipite du haut du rocher dans la plaine, — et les Germains gémissaient, — et les Germains fuyaient, — et ils succombèrent. »

sodie spéciale, et ils ont emprunté, tant pour la poésie littéraire
que pour la poésie populaire, les procédés des Espagnols, des
Français et des Gascons. Je ne connais qu'une exception à cette
règle, et elle m'est précisément fournie par la pièce suspecte, par
le *Chant d'Altabisçar*. Ce chant n'est pas en vers, car on ne peut
raisonnablement donner ce nom à des séries de mots comprenant
un nombre de syllabes aussi variable. Je vais plus loin. On peut
couper la pièce comme on voudra, et je défie que l'on arrive une
seule fois à faire coïncider le sens avec n'importe quel mètre régulier, surtout en maintenant la division en huit strophes de six vers
chacune adoptée par M. de Monglave. J'ose à peine parler de la
rime. Les prétendus vers, qui riment pour la plupart par asson-
nance, ne forment qu'une assez faible minorité. Notez aussi que
ces assonnances ne présentent, pour chaque strophe, aucun retour
régulier et périodique, de sorte qu'il est permis à quiconque a
tant soit peu l'habitude de la langue basque, de les attribuer au
hasard plutôt qu'à l'artifice du poète. Le *Chant d'Altabisçar* se
présente donc, dans le romancero basque, comme une pièce soli-
taire, conçue et exécutée dans des conditions si étranges, qu'il
est impossible de ne pas l'attribuer à un homme qui a sacrifié toutes les règles de la prosodie, à la nécessité de traduire dans l'idiome
euskarien un thème conçu dans une autre langue.

L'histoire s'accorde avec la prosodie pour prouver la fausseté
de cette pièce. En effet, si le *Chant d'Altabisçar* était une poésie
héroïque, composée, comme on l'assure, immédiatement après
la bataille, ou même à quelques années de date, il ne devrait y
être question que d'événements historiques, et en tous cas le poète
n'aurait pu se rencontrer, dans ses fictions, avec d'autres légendes
de formation postérieure. Cela dit, étudions rapidement la déroute
de Charlemagne, à son retour d'Espagne, au double point de vue
de l'histoire et de l'épopée.

Les historiens du temps se sont montrés fort sobres de renseignements sur le fait qui nous occupe, et Eginhard est le seul qui
le raconte avec quelques détails. En 778, Charlemagne avait fait

une expédition assez heureuse dans le nord de l'Espagne. « Il ramena, dit Eginhard, ses troupes saines et sauves. A son retour cependant, et au sommet même des Pyrénées, il eût à souffrir un peu de la perfidie des Basques. L'armée défilait sur une ligne étroite et longue, comme l'y obligeait la conformation du terrain resserré. Les Basques se mirent en embuscade sur la crête de la montagne qui, par l'étendue et l'épaisseur des bois favorisait leur stratagême. De là, se précipitant sur la queue des bagages, et sur l'arrière-garde destinée à protéger ce qui la précédait, ils la culbutèrent au fond de la vallée, tuèrent, après un combat opiniâtre, tous les hommes jusqu'au dernier, pillèrent les bagages, et protégés par les ombres de la nuit qui déjà s'épaississaient, s'éparpillèrent en divers lieux avec une extrême célérité. Dans cet engagement, les Basques avaient pour eux la légèreté de leurs armes et l'avantage de la position. La pesanteur des armes et la difficulté du terrain rendaient au contraire les Franks inférieurs en tout à leurs ennemis. Eggihard, maître d'hôtel du roi, Anselme, comte du palais, Rotland, commandant de la frontière de Bretagne, et plusieurs autres périrent en cette occasion. Le souvenir de ce cruel échec obscurcit grandement dans le cœur du roi la joie de ses exploits en Espagne (1). »

Voilà donc cette bataille, si exagérée dans les divers romans

---

(1) Carolus..... salvo et incolumi exercitu revertitur; præter quod ipso Pyrinei jugo Wasconiam perfidiam parumper in redeundo contigit experiri. Nam cum agmine longo, ut loci et angustiarum situs permittebat porrectus iret exercitus, Wascones, in summi montis vertice positis insidiis (est enim locus ex opacitate sylvarum, quarum ibi est maxima copia, insidiis ponendis opportunus) extremam impedimentorum partem, et eos qui novissimi agminis incedentes, subsidio procedentes tuebantur, desuper incursantes, in subjectam vallem dejiciunt, consertoque cum eis prælio, usque ad unum omnes interficiunt, ac direptis impedimentis, noctis beneficio, quæ jam instabat protecti, summa celeritate in diversa disper guntur. Adjuvabat in hoc facto Wascones et levitas armorum, et loci in quo res gerebatur situs; et contra Francos et armorum gravitas et loci iniquitas per omnia Wasconibus reddidit impares. In quo prælio Eggihardus regiæ mensæ præpositus, Anselmus comes palatii, et Hruodlandus Britannici limitis præfectus, cum aliis compluribus interficiuntur, etc.... EGINHARD. *Vita Karoli magni* ap. *Script. fr.* V. 93. Cf. EGINH. *Annal. Ibid.* 203; POET. SAX. L. I. *Ibid.* 143. Je ne crois pas devoir citer, sur le même événement, un passage de la *Charte d'Alaon*, car la fausseté de ce document a été démontrée par M. RABANIS : *Les Mérovingiens d'Aquitaine.*

épiques du cycle karolingien, réduite, par un historien contemporain et bien informé, aux simples proportions d'un combat d'arrière-garde, dont l'armée de Charlemagne a peu souffert (*parumper*). Les Basques ont pillé les bagages, massacré les gardiens et quelques officiers de l'empereur, parmi lesquels Roland, qui n'est pas encore, comme dans les légendes postérieures, le neveu de Charlemagne, l'invincible paladin, l'homme à la Durendal et le corniste sans pareil, mais un simple commandant de la frontière de Bretagne (*Hruodlandus Britannici limitis præfectus*).

On ignore en quel lieu précis ce combat a eu lieu; mais si l'on considère que l'armée s'en retournait vers le Nord, et si l'on tient compte de certaines expressions d'Eginhard (*ipso Pyrinei jugo... in summi montis vertice... in subjectam vallem... etc.*), il semble que les choses ont dû se passer sur le versant nord des Pyrénées basques. Quoi qu'il en soit, les Espagnols s'attribuèrent de bonne heure cette victoire. Ils firent de Roncevaux le théâtre de la défaite de Charlemagne, et imaginèrent toutes sortes de fables sur l'amitié de l'empereur et d'Alfonse le Chaste, l'opposition des barons, l'héroïque valeur de Bernard de Carpio, etc., etc. (1). En France, au contraire, on mit tout sur le compte des Maures qui n'en pouvaient mais, et avec le temps apparurent, dans les récits légendaires et les romans épiques, une foule de personnages transformés ou fabuleux : l'archevêque Turpin, Roland, neveu de Charlemagne, la belle Aude, sœur d'Olivier, le traître Ganelon, *e tutti quanti*. Le nom de Roland, enterré, disait-on, dans le *castrum* de Blaye, devint surtout populaire en Gascogne et dans les contrées voisines. Il existe, dans notre pays, une foule de traditions relatives à ce personnage, et l'on prétend posséder son épée à Notre-Dame de Rocamadour (Lot), siége d'un pélerinage renommé. Dans les Pyré-

---

(1) RODERIC. TOLETAN. *Rer. in Hisp. gest. Chron.* Lib. IV. — E los ricos omes del rey don Alfonso el Casto, quando sopieron lo porque fueron los mandaderos al emperador Carlos, pesoles mucho de coraçon : e consejaron al rey que revocas e aquello que embiara dezir al emperador, synon que lo echarien del reyno, e que ellos catarien autro senor, etc. *Las quatro partes enteras de la Cronica de España,* cap. x. — V. aussi dans les divers recueils espagnols les romances sur la bataille de Roncevaux et sur Bernard de Carpio.

nées surtout, on compte je ne sais combien de *Pas* ou *Brèches de Roland*, et ces dénominations remontent à des époques très diverses. Si les unes paraissent être assez anciennes, d'autres sont incontestablement très modernes, et depuis le commencement du siècle elles ont été considérablement multipliées par les touristes troubadours, et par les guides de la montagne, qui font le commerce des légendes au plus juste prix. J'ai eu maintes fois l'occasion de m'assurer par moi-même de ce fait, que me signalait, il y a quatre ans, un Bayonnais, magistrat et historien distingué. « A Cambo, par exemple, m'écrivait-il, tous les étrangers, depuis cinquante ans, ne manquent pas d'aller visiter le *Pas* ou *Gorge de Roland*: les indigènes pur sang ignorent ce nom de *Pas de Roland* et l'appellent *Utheca gaiz,* porte mauvaise, dangereuse. C'est en effet un étroit et dangereux défilé. Le nom de Roland a donc été rapporté tout récemment dans notre Pays basque. »

J'en ai dit assez sur l'histoire et sur la légende, et je vais tâcher d'en tirer parti pour relever, dans le *Chant d'Altabiscar*, trois ou quatre invraisemblances capitales.

Ce chant présente, dans son ensemble, le combat comme une extermination complète des Franks par les Basques. Les Franks étaient arrivés par milliers (*hogoi eta milaca oraino*), et il n'en reste pas même un (*bat! ezta bihiric agertcen gekeiago*); Eginhard, au contraire, réduit la chose à un simple combat d'arrière-garde, meurtrier, il est vrai, mais au demeurant peu de chose *(parumper)* par rapport à toute l'armée.

Dans le poème, Charlemagne fuit avec ses plumes noires et son manteau rouge (*escapa hadi, Carlomano erreghe, hire luma beltzekin eta hire capa gorriarekin*). Dans Eginhard, il n'est question ni de la fuite de l'empereur, ni de ses plumes noires, ni de son manteau rouge. Charlemagne devait être naturellement à la tête ou au centre de l'armée, et sa place n'était pas en arrière, avec les soldats du train.

Toujours, d'après le poème, l'armée serait passée par le col d'Ibañeta, et le combat aurait eu lieu près du mont Altabiscar.

Le col d'Ibañeta ou d'Ibayeta est situé un peu au nord de Ronce-vaux, au levant du mont Altabiscar, Altabiscar, ou Altobiscar. De ce col part une vallée qui descend vers Arneguy, Saint-Michel et Saint-Jean Pied-de-Port. Près du col d'Ibañeta s'élevait une croix, dite *croix de Charles*, sur l'emplacement occupé depuis par la chapelle du Sauveur (1). C'est là que d'après plusieurs historiens du nord de l'Espagne (2) et de la Gascogne, l'arrière-garde de Char-lemagne aurait été exterminée. On comprend que l'auteur du poème ait voulu faire concorder son récit avec les traditions, en y parlant du mont Altabisçar et du col d'Ibañeta; mais Eginhard ne détermine aucun emplacement fixe, et désigne seulement les Pyrénées basques comme le théâtre de l'action (3).

Je pourrais relever encore trois ou quatre autres invraisemblances du même genre; mais j'aime mieux finir par une preuve certaine qu'au lieu d'être contemporain de la bataille et antérieur aux ro-mans épiques, le *Chant d'Altabisçar* a été composé après eux et d'après eux. Dans Eginhard, Roland est simplement le comman-dant de la frontière de Bretagne (*Britannici limitis præfectus*), et l'histoire ne nous apprend pas autre chose sur ce personnage. Dans le poème, au contraire, c'est-à-dire à une époque réputée antérieure à la légende, il est déjà le personnage légendaire, le neveu de Charlemagne, le plus brave, le chéri *(hire iloba maitea, Erroland zangarra)*.

Je crois que cela suffit, et il me semble avoir à la fois démontré la fausseté du *Chant d'Altabisçar*, par l'enquête infructueuse à la-quelle je me suis livré pour le retrouver, par ses affinités évi-

(1) Navarriam usque ad montes Pyrenæos et usque ad Crucem Caroli. HUG. MO-NACH. *In Chron. Viseliac. Monast.* — Caroli crux sita erat, ubi nunc sacellum sancti Salvatoris ad Yuainelan, in summo Pyrenæo. OIHENART. *Not. utr. Vasc.* p. 406

(2) Parece ser, que los Navarros.... aguardaron a los Francos en la montana de Altabiscàr... en aquella pequena llannada, que hay en la antigua Hermita de S. Salvador de Ibaneta. MORET, *Antig. del Reyno de Navarra*, p. 237.

(3) FAURIEL. *Hist. du midi de la Gaule*, t. III, p. 346, ne parle pas du *Chant d'Altabisçar*, mais il en a certainement connaissance. Son ouvrage a paru, en effet, en 1836, c'est-à-dire un an après la publication du poème. Or, Fauriel fait « rouler sur l'armée de Charlemagne des rochers sous lesquels elle fut écrasée, » circonstances omises par Eginhard, et révélées seulement par le poème de M. de Monglave.

dentes et significatives avec certaines poésies littéraires et populaires, par l'étrangeté de sa prosodie, et par sa comparaison avec les récits historiques et légendaires. Je vais maintenant essayer de déterminer la date de la fabrication de cette pièce.

Dans le tome XIII du *Dictionnaire de la Conversation*, p. 14-29, publié en 1834, M. G. Olivier a inséré un article sur les *Chants populaires* dont j'extrais littéralement ce qui suit : « Que dirais-je des chants basques, par exemple, et d'où vient à ces tribus exilées entre le ciel et la terre une telle franchise de rhythme et d'intonation? Tout ce que je connais d'airs basques est d'un ton grandiose et décidé ; mais aucun n'est plus frappant sous ce rapport que le chant national des Escualdunac, comme ils se nomment eux-mêmes dans leur idiome. Ce beau chant n'a cependant pour paroles que des nombres cardinaux déclinés depuis un jusqu'à vingt, et, dans le second, répétés dans l'ordre inverse. — Souvent, en écoutant cet air d'une si pure et si franche mélodie, je me suis demandé quel sens caché pouvait couver sous ce texte bizarre ; d'hypothèses en hypothèses, je suis remonté jusqu'aux souvenirs héréditaires des temps où les races vascones (*sic*), acculées au pied des Pyrénées par l'invasion celtique, durent chercher sur leur sommet un refuge infranchissable aux dévastations de cette marée. Alors il s'offrit à ma pensée que ce chant avait retenti dès les premiers âges comme une ode guerrière où les aïeux, après avoir désigné par leur simple dénomination numérique les dures années de l'exil, appelaient une à une, par une sorte de symbolique progression décroissante, celle de la vengeance. »

Ce passage dénote, chez M. G. Olivier, une puissante imagination, et une aptitude singulière à *remonter d'hypothèses en hypothèses*, pour découvrir les *sens cachés qui couvent sous des textes bizarres*. Au lieu de s'épuiser en conjectures ingénieuses, je crois qu'il aurait aussi bien employé son temps à remarquer qu'en Gascogne, comme dans le Pays basque, les noms de nombre figurent dans plusieurs chansons en progression croissante, et qu'ils sont ensuite repris dans l'ordre inverse (1). Quoi qu'il en soit, M. G. Olivier a raison quand il dit que les nombres cardinaux de un à vingt et de vingt à un sont chantés par les Basques, et c'est là le seul fragment que j'ai retrouvé, comme je l'ai dit plus haut, dans mon enquête sur le *Chant d'Altabiscar*. Mais n'est-il pas étrange de rencontrer cette singularité, signalée pour la première fois en 1834, dans le poème édité en 1835 ? N'est-il pas surprenant que ces nombres de un à vingt et de vingt à un, forment précisément les deux derniers vers des troisième et septième strophes ? Le mystificateur ne manifeste-t-il pas assez l'intention de

---

(1) Je prends quelques exemples au hasard, parmi les chants populaires du Sud-Ouest de la France :

Souy soulet de un moutoun.
Souy soulet
Junté
Mas amouretos,
Souy soulet
Junté
Mas amouretos *reposez*.

Souy soulet de dus moutouns, etc.

En aquesto danso
Tant plan danson nau
Coumo detz e nau.

En aquesto danso
Tant plan danson hoeyt
Coumo detz e hoeyt, etc.

A Granado y a nau pins.
A Granado boli ana,
Bese lous pins coumo berdejon :
A Granado boli ana,
Bese lous pins a berdeja.

Nous aus em nau dounzelos,
Marcham sur las estelos
Leugé, leugé.
Sur la punto de l'herbo
Pausam lou pè.

Ce n'est pas seulement en Gascogne que les choses se passent ainsi, et tout le monde connaît l'interminable chanson que les soldats chantent pour oublier les longueurs de l'étape :

Ma poule a fait un poulet :
Filons la route, gai, gai,
Filons la route gaîment.

Ma poule a fait deux poulets, etc.

Je ne crois pas devoir multiplier les exemples.

rendre sa fraude plus acceptable, par deux fragments véritables et récemment signalés au public, intercalés dans le poème sorti de sa féconde imagination? (1)

Un autre indice de la fabrication très récente du *Chant d'Altabisçar* s'évince du mot de *Carlomano* appliqué à Charlemagne. Ce nom de Carloman (*Karl-mann*, homme fort) est à peu près celui que Charlemagne a porté de son vivant. C'est ce qu'a très bien démontré J. Grimm en 1831 (2), mais ce qu'on ignorait génélement en France, et particulièrement en Gascogne, avant 1833, époque où M. Michelet a inséré dans son *Histoire de France* une note sur le vrai nom de Charlemagne (3). Il n'est donc pas surprenant qu'en 1835 le nom de Carloman ait été appliqué à cet empereur; mais cette désignation, impossible à retrouver dans les romanceros espagnols et dans les traditions basques et gasconnes, démontre une fois de plus que le *Chant d'Altabisçar*, sur lequel je me suis trop arrêté, est une pièce apocryphe, et que sa fabrication est de très peu antérieure à la publication de M. Garay de Monglave.

V

Ma dissertation est finie, et je croirais abuser de la patience du lecteur, en remettant sous ses yeux, même de la façon la plus brève, les nombreux arguments invoqués à l'appui de ma démonstration. Le *Chant des Cantabres* et le *Chant d'Altabisçar* sont des

(1) J'ai déjà dit, dans la note 3, p. 40, que M. Mary-Lafon, collaborateur de M. de Monglave au *Journal de l'Institut historique* (V. le *Dict.* de VAPEREAU, art. MARY-LAFON), affirme que M. de Monglave, qu'il désigne simplement par ses intiales G. de M., a traduit le *Chant d'Altabisçar* en 1834, quand tout le monde peut se convaincre qu'il a paru en 1835. Quel est donc ce mystère? Pourquoi *traduit* au lieu de *publié?* Pourquoi 1834, date la mise en vente du t. XIII du *Dictionnaire de la conversation*, au lieu de 1835, date de la publication du *Chant d'Altabisçar?* On dirait que M. Mary-Lafon tient beaucoup à rajeunir d'un an le *Chant d'Altabisçar*, et à le faire contemporain de l'article de M. G. Olivier sur les chants populaires. A-t-il voulu confirmer l'authenticité du poème en laissant croire que M. de Monglave ne pouvait connaître le travail de M. G. Olivier? A-t-il redouté, pour ce poème, les défiances qui pouvaient naître de similitudes jugées d'abord favorables et ensuite inopportunes? J'aime à penser que l'auteur de *Sylvio ou le Boudoir*, a tout simplement ajouté une erreur de plus à celles qui fourmillent dans son *Histoire du Midi*.
(2) Voir Jacobus GRIMM, *Deutsche Grammatik*, t. III, p. 319-320. Gottingen, 1831.
(3) MICHELET, *Hist. de France*, t. I, p. 307, aux notes.

pièces absolument fausses. Quand j'ai parlé de la première et de son révélateur, le baron Wilhelm de Humboldt, j'espère avoir gardé, envers la mémoire de ce savant illustre, l'attitude respectueuse qui convient à tout écrivain obscur que le hasard met à même de relever les erreurs d'un maître. Si ma plume a trahi ma pensée, j'en demande pardon à ceux qui ont eu la patience de me suivre jusqu'au bout; mais je confesse volontiers que je me suis cru le droit de parler du *Chant d'Altabisçar*, avec beaucoup moins de façons. Je n'ai pas à rechercher quel est le fabricateur [d'une pièce évidemment si récente; mais le succès de cette grossière supercherie m'a révolté plus d'une fois, et peut-être y paraît-il à mon langage. Les annalistes du midi de la France, et surtout ceux de la Gascogne, savent aussi bien que moi combien d'erreurs et de mensonges anciens et accrédités arrêtent leur marche et paralysent leurs efforts, sans que de nouveaux mystificateurs viennent encore embarrasser la besogne (1).

Il faut absolument mettre un terme à de pareils abus, et la critique doit exécuter, sans miséricorde, tous les auteurs et propagateurs de documents apocryphes.

(1) On comprend que je ne puis nommer ici tous ces mystificateurs, et je me borne à citer feu Alexandre Du Mége, dont les nombreuses publications fourmillent d'erreurs volontaires et involontaires. Dans ses *Additions et Notes à l'Histoire du Languedoc*, viiie livraison, p. 33, cet écrivain donne notamment une ballade sur Roland qui sue le faux à chaque ligne du texte et de la prétendue traduction. Je me borne à citer cette pièce entre cent, et je regrette que la nature et les limites de ce travail m'interdisent de prouver ce que j'avance par un examen approfondi. V. là-dessus BORMANS, *Fragments des anciennes versions Thioises de la chanson de Roland*.

APPENDICE

SUR

LE CHANT D'ANNIBAL.

J'ai soumis les épreuves de ma critique du *Chant des Cantabres* et du *Chant d'Altabiscar*, à un ami très versé dans la langue et la littérature euskariennes. Il m'a prié d'ajouter à la critique de ces pièces apocryphes celle du *Chant d'Annibal*, qui n'a pas fait autant de bruit que les deux autres, mais qui a pourtant séduit un certain nombre d'érudits. Va donc pour le *Chant d'Annibal*, dont l'examen n'allongera mon travail que de quelques pages.

Il a été pour la première fois question de cette pièce dans l'*Ariel*, journal de Bayonne, numéro du 5 janvier 1845. L'auteur de l'article est feu Augustin Chaho, dont les nombreux écrits sur les Basques fourmillent d'erreurs et de mensonges à toutes les pages. A propos du couplet que je reproduis exactement ci-dessous (1), malgré son orthographe défectueuse, Chaho forge un conte à dormir debout sur l'expédition des Cantabres en Italie à la suite d'Annibal. Néanmoins, on voit assez qu'il ne s'agit encore que d'une fiction à laquelle l'auteur a voulu donner les couleurs de la vérité, en supposant l'existence d'un chant basque sur les conquêtes du général carthaginois. Mais patience, et sans sortir de cette même année 1845, nous allons voir comment ce conte va recevoir de M. Mary-Lafon un brevet d'authenticité.

« Voici maintenant, dit-il (2), un chant ibérien, qui, tout en fournissant un sujet de comparaison entre la littérature des deux

(1) Tchori khantazale eïgerra,
Noun othe hiz khantatzen?
Hire botzic aspaldian
Nic eztiat entzuten,
Ez orenic, ez mementic
Nic eztiat igaraïten
Noun ehitzaitan orhitzen.

(2) MARY-LAFON, *Hist. du midi de la France*, t. 1, p. 85-86. Paris, MDCCCXLV.

races (gauloise et ibérienne), nous reporte à l'un des événements les plus profondément gravés dans la mémoire des peuples. »

« I. Oiseau, chantre délicieux du pays, où fais-tu entendre à présent ton ramage? Depuis longtemps, je prête en vain l'oreille à ta voix mélodieuse; il n'est point d'heure dans ma vie où tu ne sois présent à ma pensée. »

« II. Un soir, il passa au pied de nos montagnes, l'étranger africain, avec une foule de soldats étrangers, et il dit à nos vieillards : « que nous, leurs enfants, nous étions braves (comme cela est vrai), et qu'il ne venait pas contre nous, mais contre les Romains, nos ennemis. »

« III. Et alors, les jeunes lui répondirent : « Annibal, si tu dis vrai, nous marcherons devant toi, et nous nous mêlerons à tes soldats étrangers. Les Romains ont voulu soulever les Gaules contre nous, et ils n'ont pas réussi : nous te suivrons au bout du monde. »

« IV. Et nous sommes partis pendant que les femmes dormaient tranquillement, sans réveiller les petits enfants qui dormaient sur leur sein; et les chiens, qui pensaient que, suivant la coutume, nous reviendrions avec le jour, n'ont pas aboyé. »

« V. Et bien des jours, bien des nuits ont passé, et nous ne sommes pas revenus. Courageux Cantabres, au jarret souple, au pied léger, nous avons suivi l'étranger africain, nous avons traversé les Gaules comme un trait, nous avons franchi le Rhône plus furieux que l'Adour, les Alpes plus droites que les Pyrénées. »

. « VI. Et, partout vainqueurs, nous sommes descendus dans la belle Italie, où il y a des campagnes fertiles, des villes dorées et des femmes belles. Mais tout cela ne vaut pas nos montagnes, nos mères, nos sœurs et nos bien-aimées. »

« VII. Ils disent que dans un mois nous entrerons dans la capitale des Romains(!!!), et que nous y amasserons de l'or à pleins casques (1). Moi je leur réponds : « Je ne veux pas; c'est assez; j'aime mieux revenir dans mes montagnes et revoir celle qui possède mon cœur. Le pays est loin d'ici, et il y a longtemps ! »

« VIII. Oiseau, joli chanteur, chante doucement ! Je suis le plus malheureux qui soit au monde. J'ai quitté la montagne sans faire nos adieux, et je m'abreuve de larmes. »

(1) Les Basques ne pouvaient *amasser l'or à pleins casques*, par la raison décisive qu'ils n'en portaient pas.
Nec Cerretani, quondam Tyrinthia castra
Aut Vasco insuetus galeæ, ferre arma morati.
SIL. ITALIC. *Punic.* L. II.
Cantaber et galeæ contempto tegmine Vasco.
Id. Ibid. L. X.

Le premier couplet de cette rapsodie, renvoie à une note que je reproduis exactement.

> Chori cantatzate eigena
> Non othe hiz cantatzen ?
> Aspaldian hire botzic
> Nic er diat ent zuten.
> Ez orenic ez merentic
> Ez diat igaraiten
> Non chizaitan.

> . . . .

Le dernier couplet renvoie à une autre note, que je copie avec la même fidélité.

> Chori, cantari cigerra,
> Canta eçac ez lite;
> Malerousic mundiala
> Ez tu sorthu ni baiçi.
> Adioni erran gabe.
> Phartitu niz hirriti
> Nigarrez arinis bethi.

Par ces deux citations, M. Mary-Lafon semble vouloir se borner à traduire ces couplets, initial et final, d'une poésie qu'il est censé posséder tout entière, car il ajoute aussitôt :

« Le texte, dont nous ne donnons que le premier et le dernier couplet, a été copié, le 7 octobre 1821, dans la bibliothèque du couvent des capucins de Fontarabie. La tradition en a conservé les principaux passages qu'on chante dans les montagnes. (*Extrait d'une Histoire inédite des établissements des Basques sur les deux versants des Pyrénées*). »

Dans son *Histoire primitive des Euskariens-Basques* (p. 17-19), publiée en 1847, Augustin Chaho donne, avec certaines différences d'orthographe, et même de texte, les mêmes couplets que M. Mary-Lafon. Entre ces deux couplets, il intercale une prétendue traduction française que je ne crois pas devoir reproduire. Cette traduction présente, avec celle de M. Mary-Lafon, des différences notables, et Chaho ajoute dans une note : « Les critiques attribuent le chant d'Annibal à quelque poëte du xviiᵉ siècle. A vrai dire, pour notre part, nous ne connaissons en texte, de cette improvisation, que deux couplets; nous avons cité le premier, voici le dernier : »

« Tchori khantazale eïgerra
Khanta ezac eztiki;
Mundu hountan malerousic
Eztuc sorthu ni baïzi.
Maiteñobat ukhen eta
Phartitu nintçan herriti.
Nigarrez ari niz bethi. »

Comment Chaho, qui, dans l'*Ariel* du 5 janvier 1845, présentait le premier le *Chant d'Annibal* comme une fiction, a-t-il pu croire à son authenticité en 1847? Comment s'y est-il pris, lui qui confesse ne connaître *en texte* que le premier et le dernier couplet du poëme, pour donner de tous les autres une traduction qui diffère si notablement de celle de M. Mary-Lafon? C'est un problème dont j'abandonne la solution à la sagacité du lecteur; mais M. Mary-Lafon aurait dû nous faire connaître le nom de l'auteur de cette *Histoire inédite des établissements des Basques*, qu'on est tenté de lui attribuer. Il aurait dû surtout, après l'article de l'*Ariel*, s'attacher à dissiper de légitimes défiances, par la publication intégrale d'un texte qu'il est encore temps de soumettre à l'examen des critiques. Quant à dire que ce texte aurait été copié, le 7 octobre 1821, dans la bibliothèque du couvent des capucins de Fontarabie, c'est ce que M. Mary-Lafon ne persuadera jamais à personne. Les deux couplets qu'il donne, après les avoir préalablement estropiés, sont en souletin, qui est un dialecte cis-pyrénéen, et ils seraient en guipuzcoan si on les avait copiés à Fontarabie. M. Mary-Lafon n'a pu lui-même faire cette copie le 7 octobre 1821. Il est né, si j'en crois Vapereau, le 26 mai 1812, et je ne puis admettre que sa précocité soit allée jusqu'à exécuter un pareil travail, à l'âge de neuf ans quatre mois et onze jours.

M. Mary-Lafon n'a pu entreprendre aucune traduction totale ou partielle du *Chant d'Annibal*, parce qu'il ne sait pas le basque, ce que je vais démontrer à suffisance, et même en sacrifiant la moitié de mes raisons.

Si M. Mary-Lafon avait su le basque, il n'aurait pas écrit, dans dans le premier vers du premier et dernier couplet, *eigena* et *cigerra*. Ces mots ne signifient rien : il aurait fallu *eïgerra* ou mieux *ejerra* (charmant). Il n'aurait pas écrit non plus (couplet I, v. 4) : ni *nic er diat*, ni *merentic* (dernier couplet, v. 5), mais *nic ez diat* et *mementic* (moment). *Chitzaian* veut rien dire : il aurait fallu *ehitzaitan*. Il en est de même de *ez lite* (dernier couplet, v. 2), et il aurait fallu mettre *eztiki* : chante doucement, *canta ezac eztiki*. *Ez tu* n'a aucun sens, et il était facile de le remplacer par *eztuc*, et mieux par *ez duc*.

La traduction est à la hauteur de la grammaire et de l'orthographe, que je suis forcé de rétablir. Voyez plutôt : *chori, cantatçale ejerra*, oiseau, chanteur charmant. M. Mary-Lafon dit : « Oiseau, chantre délicieux du pays. » Le *pays* là est de trop. *Nun othe hiz cantatçen*, où peux-tu être chantant? M. Mary-Lafon trouve plus élégant et plus exact : « Où fais-tu entendre à présent ton ramage? » *Aspaldian hire botçic, nic ez diat entçuten*. Mot à mot : Depuis longtemps de ta voix, moi, je n'en entends plus. Cela devient : « Depuis longtemps, je prête en vain l'oreille à ta voix mélodieuse. »

Il est inutile de poursuivre. Je crois avoir démontré que l'élève Mary-Lafon ne mérite pas le prix de grammaire basque, et qu'il n'a que des droits fort contestables à un accessit en version. Je crois aussi que cet examen me dispense de mettre en lumière les nombreuses contradictions historiques des second, troisième, quatrième, cinquième, sixième et septième couplets français, dont personne n'a jamais vu le texte euskarien, et à les écarter comme notoirement apocryphes.

Restent le premier et dernier couplet, qui auraient la rime et la mesure, si M. Mary-Lafon les avait écrits correctement. Mais à qui persuader que le petit poème, qui remplit ces conditions essentiellement modernes, est contemporain d'Annibal? A qui persuader que *cantaçale* (chanteur), *cantatçen* (chantant), *botçic* (voix), *orenic* (heure), *mementic* (moment), *mundiala* (au monde), *malerousic* (de malheureux), *adio* (adieu), *phartitu* (parti), (1) ne sont pas autant d'emprunts, plus ou moins récents, faits par le basque aux glossaires de la Gascogne et de l'Espagne?

M. Mary-Lafon dit, à la fin de sa note sur le *Chant d'Annibal*, que « la tradition en a conservé les principaux passages qu'on chante encore dans les montagnes. » Il ne s'agit que de s'entendre. Si M. Mary-Lafon veut insinuer par là qu'on chante les couplets dont il n'a pas donné le texte, mais seulement une prétendue traduction, je m'inscris contre cette proposition. Qu'il m'indique une seule paroisse, un seul hameau du Pays basque, où la poésie populaire ait conservé le souvenir d'Annibal, des Romains et de l'expédition des Cantabres en Italie et je pars aussitôt pour m'en assurer, et publier le résultat de mon enquête. Puisqu'il possède le texte des six couplets intraduits, qu'il l'imprime, et qu'il livre à la critique des linguistes un document déjà si monstrueux sous le rapport historique. Je n'insiste plus sur ce point, mais je confesse très volontiers que le premier et dernier couplet, expurgés des nombreuses fautes que j'ai relevées en partie dans le texte de M. Mary-Lafon, se chantent souvent dans la Soule. La Soule est une vallée qui a son dialecte particulier, et qui touche à la vallée d'Aspe, où l'on parle béarnais. Voici le texte et la traduction (2):

Chori, cantaçale ejerra,	Oiseau, chanteur joli,
Nun othe his cantatçen?	Où peux-tu être chantant?
Aspaldian hire botcic,	Depuis longtemps de ta voix,
Nic ez diat entçuten ;	Moi je n'en entends plus ;
Ez orenic, ez mementic	Ni heure ni moment
Ez diat igaraiten	Je ne passe
Hi gabe gogora.	Sans t'avoir à l'esprit.
Chori, cantari ejerra,	Oiseau, chanteur joli,
Canta ez ac eztiki :	Chante plus bas.
Mundiala malerousic	Au monde de malheureux
Ez duc sorthu ni baicic.	Il n'en est point d'autre né que moi.

(1) En Basque *ph* = *p*.
(2) FRANCISQUE-MICHEL, *Le Pays Basque*, p. 312 et 313.

Erran gabe adio eni,	Sans dire aucun adieu,
Phartitu hiz herriti	Tu as quitté le pays,
Nigarrez ari niz bethi.	Depuis lors je suis toujours dans les [larmes].

Dans ce petit poème, probablement incomplet, un amant pleure l'absence de sa maîtresse, et il appelle un oiseau qui d'abord semble avoir disparu avec elle. Cette donnée n'est pas rare dans la poésie populaire du Sud-Ouest.

> Chante rossignol, chante,
> Dondaine,
> Tu as ton cœur en gai
> Dondé.
>
> Le mien est en tristesse
> Dondaine,
> Ma mie m'a quitté
> Dondé.

> Rossignol prend sa volée
> La la deran la,
> Au palais du roi s'en va.
>
> — Votre ami vous envoie dire
> Lan la deran la,
> Que vous ne l'oubliez pas.

> Nous partons, adieu nos belles,
> N'oubliez pas vos amants :
> Vous aurez de nos nouvelles
> Par les rossignols chantants.

Ce thème a été traité, avec bien d'autres, au XVIIIe siècle, par un lettré, le chevalier Despourrins, dont les poésies béarnaises se sont rapidement vulgarisées dans le pays à l'égal de la poésie populaire.

> Roussignoulet que cantes
> Sus la branque pausat,
> Que't platz e que't encantes
> Aupres de ta mieytat.

E you ple de tristesse,
Lou co tout enclabat,
En quittan ma mestresse,
Parti desesperat (1).

Notez que le chevalier Despourrins composait ses poésies à
Accous, dans la vallée d'Aspe. J'ai déjà dit qu'on parle béarnais
dans cette vallée, et qu'elle est contigue à la Soule, où commence l'idiome basque, et où se chantent précisément les deux
couplets en question. Ces couplets ne sont évidemment qu'une
paraphrase de ceux de Despourrins, et les équivalents basques de
*ni heure ni moment, le plus malheureux du monde, sans me dire
aucun adieu*, sentent assez leur xviii⁰ siècle.

Voilà, quoique puisse dire ou insinuer M. Mary-Lafon, les
seuls passages *conservés* par ce qu'il lui plaît d'appeler *la tradition*. Encore, si l'on compare les deux derniers vers du second
couplet chanté dans la Soule à ceux de Chaho et de M. Mary-
Lafon, est-il facile de remarquer qu'ils ont subi le remaniement
exigé par la mystification projetée. *Tu as quitté le pays, et depuis
lors je suis toujours dans les larmes* n'était pas en situation. Il
a fallu le modifier et mettre :

Phartitu nitçan herriti,
Nigarrez ari niz bethi.

J'ai quitté le pays, et depuis lors je suis toujours dans les larmes.

Je m'arrête, et je crois avoir suffisamment prouvé que le *Chant
d'Annibal* est apocryphe et de fabrication très récente, qu'en dehors
du premier et dernier couplets, il n'existe pas de textes basques
sur lesquels les traducteurs aient pu s'exercer, qu'on a tiré
parti de ces deux couplets pour rendre la mystification plus acceptable, et faire croire que l'intervalle est comblé par un texte original qui n'a jamais existé.

(1) *Chansons et airs populaires du Béarn recueillis par* Frédéric RIVARÈS, p. 49.
Je rectifie l'orthographe. Les poésies de Despourrins ont longtemps été conservées
par la seule tradition ; c'est M. Rivarès qui les a le premier recueillies et publiées.

ADDITIONS ET CORRECTIONS.

Page 1, ligne 7, *Altabisçar*. On dit et on écrit plus souvent *Altabiscar* ou *Altobiscar;* mais ayant adopté, dès le début, *Altabisçar,* qui n'est ni défectueux ni inusité, j'ai cru devoir maintenir cette orthographe jusqu'à la fin de ma dissertation.

Page 11. Depuis l'impression de ma brochure, j'ai trouvé dans les *Antiguedades del Reyno de Navarra* du P. de MORET, p. 97, une nouvelle preuve historique de l'existence du Basque au-delà des Pyrénées. C'est un acte rédigé en l'année de l'incarnation 1167, et tiré des archives de l'église de Pampelune. « Defensores supradictarum baccarumerunt Rex, et Episcopus, et ipse comes vel successores ejus. Est autem inter Ortiz Lehoarriz, et Aceari Umea, quod Ortiz Lehoarriz faciet, ut lingua Navarrorum dicitur, Una Maizter: et Aceari Umea faciet Buruzagui, quem voluerit. » En Basque un *Maizter* est un chef de bergers (*mayoral de pastores*), et un *Buruzagui* est un chef de cultivateurs (*mayoral de peones*).

Page 26, note 2, vers 4, au lieu de : *En un caballo corredor.*
lire :   *En un caballo corredor!*

Page 31, ligne 12, au lieu de : *Cavadonga*, lire : *Covadonga.*

Page 33, ligne 8, au lieu de : *et lors*, lire : *et qu'à l'époque.*

www.ingramcontent.com/pod-product-compliance
Lightning Source LLC
Chambersburg PA
CBHW060823250626
47162CB00005B/1917